KB096377

숲의
SUDDENLY IN THE DEPTH OF THE FOREST
가족

숲의

SUDDENLY IN THE DEPTH OF THE FOREST

가족

아모스 오즈 소설 • 박미영 옮김

창비

이 이야기를 귀기울여 들어주고 좋은 아이디어를 냈으며
놀랄 만한 내용을 덧붙여준
사랑하는 딘, 나다브, 알론, 야엘에게
이 책을 바칩니다.

1

임마누엘라 선생님은 학생들에게 곰이 어떻게 생겼는지, 물고기는 어떻게 숨을 쉬는지, 하이에나들은 밤에 어떤 소리를 내는지에 대해 설명해주셨다. 선생님은 동물들의 그림을 교실에 걸어놓으셨다. 대부분의 학생들은 태어나서 단한번도 동물을 본 적이 없었기 때문에 선생님이 이상하다고 생각했다. 많은 학생들은 세상에 동물이 있다는 선생님의 이야기를 믿지 않았다. 적어도 그들과 가까운 곳에 동물이 있다는 것은 믿지 않았다.

게다가 온동네 사람들은 선생님이 결혼을 약속할 만한

남자를 한번도 만나보지 못했다고 했다. 그래서 짝이 없이 혼자인 사람들이 그렇듯 외로움에 지친 나머지 그녀의 머릿속은 지어낸 이야기나 공상으로 가득하다는 것이었다.

임마누엘라 선생님이 동물에 대해 설명해주신 것 때문에 니미는 밤에 동물에 관한 꿈을 꾸었다. 니미가 아침에 학교에 와서 꿈이야기를 꺼내면 반 아이들은 모두 웃었다. 니미는 자신의 밤색 신발이 어둠속 침대 옆에 서 있다가 두 마리의 고슴도치로 변해 밤새도록 방안을 기어다니면서 탐험을 한다고 이야기해주었다. 니미가 눈을 뜨면 다시 신발로 돌아가 침대 아래 놓여 있다고 했다. 한번은 한밤중에 검은 박쥐들이 날아와서 날개 위에 그를 앉힌 후 집의 벽을 통과해서 산을 넘고 숲을 지나 화려하게 꾸며진 궁전으로 데리고 가는 꿈을 꾸었다고 했다.

니미는 조금 칠칠맞지 못한 코흘리개 아이였다. 앞니 두 개가 눈에 띌 정도로 벌어져 있었다. 아이들은 앞니 사이가 넓게 벌어진 그를 쓰레기통이라고 불렀다. 매일 아침 니미는 학교에 와서 새로운 꿈이야기를 했고 그때마다 아이들은 이젠 지겨워, 그만 좀 해,라고 하거나 그 쓰레기통 같은 입 좀 닥쳐,라고 했다. 그래도 이야기를 계속하면 그를 괴롭혔다. 아이들이 그렇게 심하게 대해도 니미는 상처를 받기는

커녕 즐거워했다. 그는 숨을 들이쉬고 콧물을 삼키면서 기쁨에 넘쳐 자신을 쓰레기통, 꿈꾸는 아이, 고슴도치신발이라고 부르기 시작했다. 그것도 하필이면 아이들이 붙여준 불쾌한 별명을.

제빵사인 릴리아의 딸 마야는 교실에서 니미의 뒷자리에 앉았다. 마야는 니미에게 몇번이나 이렇게 이야기했다.

"니미야, 내 말 좀 들어봐. 너, 동물 꿈을 꾸든 여자아이들 꿈을 꾸든 다 좋은데 제발 그 꿈이야기 하지 말고 조용히 있어. 그 꿈이야기 하는 거 너한테 별로 도움이 안돼."

마티는 마야에게 이렇게 말했다.

"너는 이해를 못하나본데, 니미가 꿈을 꿨다고 하는 이야기들은 그냥 아무 생각 없이 떠드는 거야. 무슨 이야기냐면, 니미가 아침에 잠에서 깨어난 후에도 꿈이야기는 계속된다는 거지. 니미에게는 모든 게 놀랍고 즐거운 일이야. 부엌에 있는 깨진 컵, 하늘에 떠 있는 보름달, 임마누엘라 선생님의 목걸이, 자신의 튀어나온 이, 단추 끼우는 걸 깜빡 잊은 것, 숲에서 바람이 윙윙거리는 소리 같은 이 세상에 존재하는 모든 것과 우리 주변에서 일어나는 모든 일이 니미에게는 우스갯거리로 보이는 거야. 모든 것에서 웃을 만한 이유를 보는 거지."

한번은 니미가 집을 나가 마을을 떠나서 숲으로 간 적이 있었다. 동네 사람들이 2,3일 동안 그를 찾아나서기도 했다. 마을의 수비대원들이 열흘간 찾아헤맸고 나중에는 그의 부모님과 누나들이 계속해서 그를 찾으러 다녔다.

니미는 3주 후에 돌아왔는데 깡마르고 지저분한 모습에 온몸은 긁힌 자국과 상처투성이였다. 그런데도 그는 즐거움과 열정으로 가득 찬 듯한 소리를 질러댔다. 숲에서 돌아온 뒤 니미는 말은 한마디도 하지 않고 찢긴 맨발로 코를 흘리며 벌어진 앞니를 드러내고 웃으면서 동네 골목을 돌아다니기만 했다. 뒷마당을 이리저리 뛰어다니고 나무나 기둥을 타고 올라가며 항상 환호성을 질렀다. 오른쪽 눈은 알레르기가 있어서 항상 눈물을 흘렸다.

니미가 소리를 질러댔기 때문에 학교에서는 그를 다시 받아줄 수 없었다. 아이들은 니미를 보면 자극하기 위해 먼저 소리를 질렀다. 아이들은 니미를 망아지 니미라고 불렀다. 의사선생님은 시간이 지나면 나아질 거라고 했다. 그곳, 숲에 갔을 때 무엇을 보고 놀랐는지 숲에서 돌아온 뒤 니미는 환호성을 지르는 병에 걸렸다.

"우리가 뭔가 해줘야 하는 것 아니야?"

마야가 마티에게 말했다.

"니미를 도와준다고?"

마티가 마야에게 물었다.

"마야, 그만둬. 시간이 조금 지나면 아이들도 지겨워서 그만둘 거야. 니미도 잊어버리게 될걸."

아이들은 니미를 놀리면서 솔방울과 나무껍질을 던졌다. 그럴 때면 니미는 소리를 지르면서 도망쳤다. 가까운 곳에 있는 나무 위로 올라가 꼭대기에서 아이들을 보며 소리를 질렀다. 심하게 튀어나온 앞니를 드러낸 채 한쪽 눈은 눈물을 흘리고 있었다. 한밤중에도 가끔씩 니미가 지르는 소리가 마을에 메아리처럼 울려왔다.

2

마을은 슬픈 회색빛이었다.

마을 주변에는 산과 숲, 구름과 바람뿐이었다. 주변에 다른 마을은 없었다. 이 마을을 찾는 방문객도, 지나가는 나그네도 거의 없었다. 깊은 계곡 안쪽의 막히고 비탈진 곳에 30,40채의 작은 집들이 드문드문 퍼져 있고 주변은 산으로 둘러싸여 있었다. 서쪽만 약간 열려 있었다. 이곳으로 마을로 들어가는 유일한 길이 지나가는데, 이 길은 앞으로 뻗어나가는 길이 아니라 막힌 길이었다. 이 길의 막다른 곳에 마을이 있었다.

간혹 한번씩 떠돌이 방물장수가 마을에 들르거나 길 잃은 거지가 마을로 들어왔다. 여행자들도 이틀 이상은 마을에 묵지 않았다. 저주받은 마을이었기 때문이다. 이곳은 항상 이상한 힘이 느껴지는 적막감이 감돌았다.

소가 음매 하고 울지도 않고 당나귀가 소리높여 울지도 않았다. 새들도 짹짹거리지 않고 야생거위도 볼 수 없었다. 마을 사람들도 꼭 필요한 말이 아니면 별로 이야기를 나누지 않았다. 산과 숲 사이로 강물이 세차게 흘렀기 때문에 낮이나 밤이나 계곡에 물 흐르는 소리만 들렸다. 흰 거품이 이는 강물은 마을을 따라 길게 내려가고 거품이 부글부글 끓어올랐다. 물결치는 소리가 신음소리처럼 낮게 들려왔다. 강물은 구불구불 굽이치며 계곡과 숲 사이를 흘러내려갔다.

3

검고 짙은 적막은 낮보다 밤이 더욱 심했다.

목에 줄이 묶인 개 한마리도 없었고 꼬리를 동그랗게 말아올린 채 달을 보고 짖어대는 개도 없었다. 숲에서 흐느껴 우는 여우도 없었고 밤에 날아다니는 새들의 소리도 들리지 않았다. 귀뚤귀뚤 울어대는 귀뚜라미 소리도, 개굴개굴 개구리 소리도 들리지 않았다. 닭들도 아침이 오는 것을 알려주지 않았다. 이미 몇년 전에 마을뿐 아니라 마을 주변에 있던 동물들이 모두 사라졌기 때문이다. 소와 말, 양, 거위와 고양이, 노래하는 새들, 개, 집거미와 토끼 들이 모두 사라져버렸다. 이곳에서는 작고 검은 방울새 한마리조차 찾아볼 수 없었다. 강에는 물고기 한마리 보이지 않았다. 황새와 두루미 들은 떠돌아다니다가 무리를 지어 좁은 계곡 주위를 에둘러 날아가버렸다. 곤충이나 파충류, 심지어는 벌, 파리, 개미, 애벌레, 모기, 나방조차 눈에 띄지 않았다. 어른들은 아직도 동물에 대해 기억하고 있었지만 침묵을 지켰다. 그들은 잊은 척하면서 동물들의 존재를 부인했다.

몇년 전까지 마을에는 일곱 명의 사냥꾼과 네 명의 어부가 있었다. 그런데 강에서 물고기가 자취를 감추고 야생동물들이 멀리 떠나고 난 후 어부와 사냥꾼 들은 저주받지 않은 곳을 찾아 떠나버렸다. 알몬이라는 늙은 어부 한 사람만 남아서 마을에서 혼자 살고 있었다. 그는 강에서 가까운 작은 오두막집에서 살았다. 그는 오랫동안 혼잣말을 하면서 감자수프를 만들곤 했다. 세월이 흘러 지금은 어부가 아닌 농부가 되었지만 마을 사람들은 아직도 그를 어부 알몬이라고 부른다. 알몬은 땅을 파서 잎채소와 뿌리채소를 경작하고 언덕 비탈진 곳에 20, 30그루의 과일나무를 심어 가꾸었다.

그는 농사짓는 곳에 작은 허수아비까지 세워놓았다. 그는 자신이 살아 있는 동안 사라진 동물들이 마을로 돌아올지도 모른다고 믿고 있었다. 알몬은 가끔 화를 내며 오랫동안 허수아비와 말다툼을 했다. 허수아비에게 부탁을 하기도 하고 꾸짖기도 하고 절망한 듯 힘이 없어 보이기도 했다. 그는 낡은 의자를 하나 들고 와서 허수아비 맞은편에 앉아 인내심을 갖고 허수아비를 설득하거나 그의 완고하게 굳은 생각을 조금이라도 바꿔보려고 노력했다.

저녁 무렵, 날이 아직 훤할 때 어부 알몬은 강가의 의자에 앉아 콧등에서 숱이 많은 콧수염 쪽으로 흘러내리는 오래된 안경을 쓰고 책을 읽거나 공책에 한줄 한줄 글을 썼다 지웠다. 또한 이런저런 생각을 하면서 중얼거리기도 했다. 그는 몇년 동안 계속해서 밤에 등불을 켜고 나무로 여러가지 다양하고 예쁜 모양의 동물들을 조각하는 것을 배웠다. 그의 상상속이나 꿈속에서 나타나는, 잘 알려지지 않은 동물들이었다. 알몬은 나무로 조각한 이 동물들을 마을 아이들에게 선물로 나누어주었다. 마티는 소나무로 만든 암고양이와 호두껍질을 파서 만든 새끼고양이를 받았다. 니미에게는 다람쥐를 조각해주었고 마야에게는 목을 길게 빼고 날기 위해 날개를 활짝 뻗은 두루미 두 마리를 선물했다.

아이들은 이런 조각품이나 임마누엘라 선생님이 칠판에 그려주는 그림을 통해서만 개, 고양이, 나비, 물고기, 병아리, 새끼 염소와 송아지가 어떻게 생겼는지 알 수 있었다. 임마누엘라 선생님은 동물들이 내는 소리를 들려주고 아이들에게 따라해보라고 했다. 마을 어른들은 동물들이 사라지기 전 어렸을 때 들은 울음소리를 아직도 기억하고 있었지만 아이들은 태어나서 한번도 동물 울음소리를 들어보지 못했다.

마야와 마티는 무엇인가 그들이 알아서는 안되는 것이 있다는 것을 알았다. 마야와 마티는 자신들이 무엇인가를 알거나 눈치를 챘다고 의심받지 않기 위해 조심스럽게 행동했다. 그들은 가끔 비밀스럽게 건초장 뒤편의 후미진 곳에서 만나 15분 정도 이야기를 나누다 헤어졌다. 그들은 돌아갈 때도 각자 서로 다른 길로 걸어갔다. 마을 어른들 중 마티와 마야가 믿을 만한 사람은 단 한사람뿐이었다. 마티와 마야는 벌써 여러번 지붕 고치는 다니르에게 그들의 비밀을 이야기하려고 마음을 먹었었다. 다니르는 저녁 무렵 마을 광장에서 젊은 친구들과 어울려 아이들이 들어서는 안되는 농담을 큰소리로 주고받곤 했다. 친구들과 포도주를 마실 때는 농담삼아 계곡에 있는 다른 마을에 내려가서 말이나 염소, 개를 가져오려고 생각하고 있다는 이야기를 여러번 했다.

지붕 고치는 다니르에게 그들의 비밀을 이야기하면 어떻게 될까? 어부 알몬에게만 이야기할까? 하루 날을 잡아서 그들의 비밀의 실체가 무엇인지 알아내기 위해 어떤 위험도 무릅쓰고 어두운 숲으로 들어가야 하는 건가? 아니면 그건 모두 환상에 불과한 걸까? 꿈을 꾸는 거라면 니미에게나 있을 법한 일이지 그들에게는 일어나기 어려운 일 아닐까?

당분간 그들은 자신들이 무엇을 기다리는지도 모르면서 기다렸다. 어느날인가 한번, 저녁시간에 마티는 용기를 내어 왜 동물들이 사라졌는지 아버지에게 물어보았다. 아버지는 그의 질문에 즉시 답을 하지 않았다. 아버지는 식탁 의자에서 일어나 몇분 동안 거실을 왔다갔다하더니 멈춰서서 마티에게 다가와 어깨에 손을 얹었다. 하지만 아버지는 마티의 눈을 바라보지 않고 문 위쪽 벽의 어두운 한쪽 면을 응시하고 있었는데 아버지가 눈을 깜빡이는 짧은 순간 그의 눈동자가 젖어 있는 것 같은 느낌이 들었다.

"마티야, 그건 이렇게 된 거란다. 그렇게 자랑할 만한 것은 아니지만 오래전 이곳에는 여러 종류의 창조물이 있었지. 우리들 한사람 한사람이 모두 죄인은 아니야. 그리고 모두 같은 죄를 지은 것도 아니지. 내가 우리를 판단할 수 있을까? 너는 아직 어려. 섣불리 판단하지 마라. 너는 어른들을 판단할 권리가 없어. 대체 누가 이곳에 동물이 있었다고 한 거니? 동물이 존재했을 수도 있고 전혀 존재하지 않았을 수도 있어. 정말이지 오래된 일이구나. 우리는 잊었단다, 마티야. 우리는 전부 잊었어, 말끔히 말이야. 그게 다란다. 그 일은 그냥 잊어버려라. 그걸 기억할 힘이 누구에게 남아 있겠니? 자, 이제 지하실에 가서 감자나 가져오렴. 그리고 그 이야기는 이제 그만해라."

그리고 아버지는 갑자기 부엌을 나가면서 이렇게 덧붙여 얘기를 정리했다.

"우리가 나눈 이야기는 없었던 걸로 하자꾸나. 이런 얘기는 꺼낸 적도 없는 거야."

다른 부모들도 거의 모두 동물에 대해 부인하거나 침묵을 지켰다. 아이들과 함께하는 자리에서는 이것에 대해 절대로, 전혀 이야기를 하지 않았다.

4

마을에서의 생활은 단조롭고 생기 없이 조용하고 우울했다.

여자와 남자 들은 매일같이 밭이나 포도밭 과수원으로 일하러 나갔다가 저녁이면 지친 몸을 이끌고 그들의 작은 집으로 돌아왔다. 마을 아이들은 아침마다 학교에 갔다. 오후에는 빈 운동장에서 놀거나 쓸모없이 버려진 목장이나 닭장을 돌아다녔다. 아무도 돌보지 않는 황폐한 비둘기장을 기어오르거나 단 한마리의 새도 새집도 없는 나뭇가지 위로 올라갔다.

비가 내리지 않는 날이면 매일 저녁 재봉사 솔리나는 장애인 남편을 데리고 나와 마을 골목길을 산책했다. 장애인 기놈은 지난 몇년간 몸이 오그라들어 솔리나는 어려움없이 아기들이 타는 낡은 유모차에 그를 태우고 강둑까지 바람을 쐬러 나갔다가 돌아왔다.

기억상실증으로 인해 기놈은 자신이 새끼염소라고 생각했기 때문에 산책을 나갔다 돌아올 때까지 가냘프게 흐느껴 우는 듯한 소리를 냈다. 솔리나는 그에게 몸을 숙여 몽롱하고도 따뜻한 소리를 흥얼거렸다. 샤 샤, 자거라, 나의 아기, 샤 샤, 잠들어요 기놈, 샤 샤, 잠들어요.

종종 니미의 머리카락은 지저분하게 엉켜 있었다. 옷은 찢어진 채 코를 흘리고 있었고 얼굴은 달리기를 하다 온 것 같았다. 한쪽 눈은 눈물이 그렁그렁 차 있었고 숨을 헐떡거리며 멀리서부터 손을 흔들었다. 두세 번 거칠고 길게 소리를 지르기도 했다. 그 즉시 장애인 기놈은 매애 하는 염소 울음소리를 멈추고 천진난만한 아기의 미소를 지으며 머리를 돌려 니미의 소리를 귀기울여 들었다. 솔리나는 산책을 하며 오가는 길에 한손으로는 기놈의 머리에 새롭게 힘없이 자라나는 머리카락을 쓰다듬었고 다른 한손으로는 기놈이 타고 있는 유모차를 밀었다. 유모차의 오래된 바퀴는 삐거

덕거리며 굴러갔다.

긴 여름날 저녁, 지붕 고치는 다니르는 그의 일꾼 두명과 함께 지붕을 얹고 수리했다. 가끔은 하루 일과가 끝날 무렵 마을 광장의 돌계단에 걸터앉아 두꺼운 유리잔에 맥주를 부어 마시면서 셋이서 함께 노래를 불렀다. 마을의 젊은 남녀들이 무리를 지어 몰려와서 그들과 어울려 함께 노래를 부르거나 장난을 치거나 말다툼을 하거나 귓속말을 속삭였다. 간혹 웃음보가 터지기도 했다. 마을 아이들은 울타리 뒤편에 숨어서 젊은이들의 이야기를 몰래 엿들었다. 젊은이들이 나누는 이야기는 아이들이 들어서는 안되는 내용이었다. 예를 들면, 멀리 계곡 아래 있는 다른 마을 이야기나 토끼들은 어떻게 사랑을 하는지, 발정난 고양이는 어떤 울음소리를 내는지에 대한 이야기였다. 지붕 고치는 다니르는 때때로 폭포에서 돌이 굴러떨어지는 듯한 허스키한 목소리로 껄껄 웃었다. 그러다가 갑자기 일주일이나 한달쯤 뒤에 자신의 일꾼들을 데리고 계곡 아래로 내려가서, 걸어서 돌아오는 게 아니라 말이 끄는 마차에 여러 종류의 새와 짐승, 물고기와 벌레를 가득 싣고 마을로 돌아와서 그것들을 집집마다 전해주고 살아 있는 물고기는 마을의 강에 놓아주겠다고 했다. 그러면 저주받은 그날 밤 이전으로 다시 돌아가게 될 것이라고 했다. 그 이야기를 듣고 있던 친구들은 모두 너무 놀라 아무 말도 하지 못했다. 다니르의 이야기는 친구들을 즐겁게 해주지 못했고 광장에는 갑자기 그림자가 드리워졌다.

저녁 무렵 일을 마친 후 다니르와 친구들은 돌로 포장한 오래된 광장에 모이곤 했는데 이 시간이 마을에서 지내는 동안 가장 행복한 시간이었다. 해가 지면 얼마 지나지 않아 친구들은 서둘러 각자의 집으로 돌아갔다. 순간 광장은 텅 비어, 그림자만 남게 되었다.

어둠이 내리기 시작하면 집집마다 쇠로 만든 빗장을 걸어 잠그고 창문에는 쇠로 만든 셔터를 내렸다. 어두워지면 그 누구도 집에서 나오지 않았다. 밤 열시가 되면 집들에 불이 꺼지기 시작해서 이윽고 창문의 불빛들이 모두 꺼졌다. 마을의 끝에 위치한 어부 알몬의 오두막집 책상 위 등잔불빛만 가끔 집밖으로 새어나왔다. 그의 집 창에는 밤 열두시까지 불빛이 계속 보이기도 했다.

어둠과 적막이 숲속 깊은 곳으로부터 기어나와 닫힌 집과 버려진 공터를 무겁게 짓눌렀다. 가끔 산에서 찬바람이 불어와 수풀더미와 나뭇가지를 스쳐지나갔다. 강물은 밤새도록 요동을 치며 재빠르게 비탈길을 흘러내려갔다. 어둠속을 흐르는 강물 위로 거품이 일고 물방울이 튀어올랐다.

5

마을의 밤은 두려움으로 가득 찼다. 밤마다 집밖은 산귀
신 네히의 것이었다. 몇몇 부모들은 밤마다 아이들에게 그
이야기를 조용히 들려주었다. 쇠로 만들어진 셔터 바깥에서
밤마다 산귀신 네히가 그의 검은 궁전을 내려와 산맥을 넘
고 숲을 지나 악마처럼 집과 집 사이를 지나다니며 살아 있
는 것들을 찾아다닌다고. 길 잃은 메뚜기나 개똥벌레를 발
견하면 멀리서 겨울바람을 몰고 와 휩쓸어간다고 했다. 혹
딱정벌레나 여왕개미라도 눈에 띄면 그 즉시 짙은 색의 망
또를 휙 펼쳐 날아가서 살아 있는 모든 생명체를 망또 속에

가두어버린다고. 그리고 해가 하늘 높이 떠오르기 전에 그의 무서운 궁전으로 돌아간다고 했다. 숲속 산 높은 곳은 항상 구름에 둘러싸여 있다.

부모들은 아이들에게 이런 이야기를 조용히 들려주었다. 이야기를 모두 들려준 다음 부모들은 사실 이 이야기는 전래동화라고 아이들을 안심시켰다.

마을에 어둠이 내리면 사람들은 그 누구도 집밖으로 나오지 않았다. 부모들은 아이들에게 어둠은 여러가지 것들로 가득 차 있기 때문에 마주치지 않는 것이 좋다고 했다.

과부 제빵사 릴리아의 외동딸 마야는 고집쟁이였다. 마야는 떠도는 소문에 귀를 기울이지도 않았고 사람이 직접 보지 않은 것은 믿으려고 하지 않았다.

엄마가 들려주는 어둠에 대한 이야기를 전부 말도 안되는 소리라고 했다. 마야는 가끔 이렇게 말했다.

"엄마, 우리 마을 사람들은 모두 조금씩 정신이 이상한가 봐요. 그래도 엄마는 그 사람들보다는 조금 덜 이상해요."

"네 생각이 그렇다니 다행이구나. 그래, 이곳에선 정말 오래전부터 이상스러운 일이 일어나고 있는지도 모르지. 마야, 넌 그저 아무것도 알려고 하지 마. 아무것도 모르면 죄인이라는 생각이 들지 않을 거야. 그리고 감염이 될 위험도 있으니까."

"엄마, 무엇에 감염이 된다는 거예요?"

"마야, 좋지 않은 것에 감염이 된다는 거야. 정말 좋지 않은 것 말이다. 그건 그렇고 여기 어디서 엄마의 밤색 머릿수건 못 봤니? 언제까지 그렇게 종알거리고 있을 거니? 엄마가 벌써 백번도 넘게 그 이야기 그만하라고 했잖니. 이제 그만해라. 이쯤 해두자."

마야는 인내심을 갖고 하룻밤을 기다렸다. 겨울담요를 덮고 누워 엄마가 잠들 때까지 깨어 있었다. 엄마가 잠들었을 때 마야는 불을 켜지 않고 일어나 창가에 서 있었다. 날씨가 추웠기 때문에 겨울담요를 뒤집어쓰고 밤새도록 창가에 서 있었다. 창밖에 나돌아다니는 것은 아무것도 보이지 않았고 어떤 이상한 소리도 들리지 않았다. 한번은 세 블록쯤 떨어진 곳에서 니미의 슬픈 목소리가 어렴풋이 들려왔다. 아직 꽉 차지 않아 일그러진 달이 구름 사이로 흘끔흘끔 얼굴을 내밀 때마다 마야는 폐허 뒤편 좁은 골목길에 촘촘히 붙어서 있는 검은 나무를 쳐다보았다.

밤은 공허하면서도 길게 느껴졌다. 마야는 달빛이 구름 사이사이로 비치기를 기다려 나무의 수를 세어보았다. 여덟 그루였다. 달빛이 다시 비칠 때 나무의 수를 세어보았는데 이번엔 아홉 그루였다. 그다음에 달빛이 비칠 때 다시 세었는데 정확하게 그대로 아홉 그루였다. 아침햇살이 산비탈에 닿자 창밖이 환하게 밝아오기 시작했다. 마야는 마지막으로 나무가 몇그루인지 다시 한번 세어보기로 마음을 먹었다. 이번에는 여덟 그루였다.

그다음 날 밝은 대낮에 폐허에 가서 직접 세어보았는데 결과는 같았다. 분명히 여덟 그루였다. 그래도 더 정확하게 세려고 나무 한그루 한그루의 가지를 짚어가며 두 번이나 천천히 세어보았는데 역시 여덟 그루였다. 아홉번째 나무는 없었다. 지난 밤에 내가 잘못 세었나? 피곤했었나? 너무 어두웠나?

마야는 아홉번째 나무에 대해서는 입도 벙긋하지 않았다. 마야는 엄마뿐만 아니라 친구들이나 임마누엘라 선생님께도 이야기하지 않았다. 마티에게만 그 이야기를 했다. 마티가 몇달 전부터 이미 혼자 머릿속으로 생각해온 비밀계획에 마야도 끼워주겠다고 했기 때문이다. 마티는 마야의 아홉번째 나무 이야기를 듣더니 바로 대꾸하지 않고 잠시 생각에 잠겼다. 마티는 조만간 밤에 잠들지 않고 깨어 있다가 부모님과 누나들이 잠든 뒤 몰래 밖으로 빠져나와 나무가 서 있는 폐허로 가보자고 했다. 거기서 한순간도 졸지 말고

밤새도록 서서 가장 어두운 시간에 나무가 몇그루인지 세어
보고 뭔가 돋아나거나 나타나는지, 그게 나무인지 아닌지,
해가 뜨기 전에 녹아버리거나 사라지는지 제대로 살펴보자
고 했다.

6

그 일이 일어난 것은 마을 아이들이 태어나기도 전이었다. 마을 아이들의 부모들이 아직 어렸을 때, 어느 춥고 축축한 겨울밤, 하마, 닭, 물고기, 파충류 같은 마을에 있던 모든 동물이 한꺼번에 사라졌다. 다음날 아침, 마을에는 어른들과 아이들만 남게 되었다. 임마누엘라는 그때 열살 소녀였는데 그 일이 있고 나서 점박이 암고양이 티마를 그리워하며 몇주 동안 울었다. 그 고양이는 새끼를 세 마리 낳았는데 두 마리는 점박이였고 한 마리는 노란 털의 장난꾸러기였다. 그녀석은 수건 속에 숨거나 양말을 찾아내 굴리는 걸

좋아했다. 그 끔찍한 밤, 암고양이와 새끼들도 사라졌다. 고양이들이 사라진 다음날, 임마누엘라는 옷장 아래쪽에서 고양이들이 가지고 놀던 작은 털실뭉치와 두 가닥의 빳빳한 고양이 수염, 고양이들이 핥아마시다 남은 우유를 발견했다. 새끼고양이들의 냄새도 느껴졌다.

나이가 많은 마을 어른들은 그날 밤 창문 밖 벌어진 셔터 틈으로 귀신 네히의 그림자가 동네를 지나가고 어둠속에서 긴 행렬이 그의 뒤를 따르는 것을 보았다고 했다. 그들은 그것이 사실이라며 맹세도 할 수 있다고 했다. 마당에 있던 동물들이 모두 나와서 그 행렬에 합류했다. 닭장, 양의 우리, 마구간, 개집, 비둘기장, 외양간에서 나온 동물들의 그림자에는 거대한 그림자와 작은 그림자들이 섞여 있었다. 숲은 이들을 모두 삼켜버렸고 다음날 아침 마을은 텅 비었다. 마을에는 사람만 남게 되었다.

오랫동안 마을 사람들은 서로의 눈을 마주치지 않으려고 조심했다. 모든 것이 두렵고 의심스럽고 부끄러워 망연자실한 상태였기 때문이다. 그때부터 지금까지 대부분의 마을 사람들은 그날 밤 일어난 일을 이야기하지 않았다. 좋은 내용이든 나쁜 내용이든, 마을 사람들은 그 일에 대해서는 입을 다물어버렸다. 사람들은 조금씩 그 일을 잊어가고 있었고, 사실은 빨리 잊고 싶어하는 것 같았다. 그러나 그들은 모두 침묵을 지키고 있었지만 그 일을 너무나도 잘 기억하고 있었다. 기억하지 않는 것이 더 좋을 수도 있다. 모두 그 일을 부인했다. 그럼에도 불구하고 누군가 그 일을 상기시키면 그들은 그에게 말했다. 침묵하라고.

재봉사 솔리나는 그 일이 있기 전에는 닭을 기르고 양을 쳤다. 그녀는 그날 밤 염소 한무리를 잃었다. 아침에 나가보니 닭장과 오리집, 작은 새장이 텅 비어 있었다. 대장장이였던 그녀의 남편 기놈은 그 일이 일어난 다음날 온데간데없이 사라졌다가 일주일 후 숲속의 나무 사이에서 발견되었다. 추위에 온몸이 얼어 덜덜 떨고 있었다. 그는 용기를 내어 잃어버린 염소떼와 닭을 찾으러 나간 것 같았다. 부인 솔리나와 마을 노인들이 그가 무엇을 보았는지 말하게 하려고 무진 애를 썼지만 허사였다. 기놈의 기억상실증은 그렇게 시작되었다. 그후 그의 몸은 오그라들고 심하게 굽어 낡은 아기 유모차에 탈 수 있을 정도가 되었다. 그는 자신을 새끼 양이나 새끼염소라고 생각하는 것 같았다.

늙은 어부 알몬은 그날 밤 일어난 일에 대해 공책에 쓰고 있었다. 공책에는 그 일이 있은 저녁, 어둠이 내릴 무렵 알몬이 강에 가서 물고기 잡는 투망을 들어올렸는데 투망에 살아 있는 물고기가 아홉 마리 들어 있었다는 내용이 적혀 있었다. 그는 다음날 아침 이 물고기를 팔기 위해 양동이에 물을 받아 물고기를 넣은 후 집 문앞에 놓아두었다. 아침에 일어나보니 양동이의 물은 그대로인데 물고기는 흔적도 찾을 수 없었다.

그날 밤, 알몬의 충성스러운 개 지토도 영원히 자취를 감추었다. 지토는 무척 다정하면서도 영리하고 사려 깊은 개였다. 한쪽 귀는 흰색과 밤색이 골고루 섞여 있고 다른 한쪽은 완전한 밤색이었다. 지토는 그의 두 귀로 얼굴을 피해야 할지, 가까이 다가가야 할지, 눈앞에 무슨 일이 일어나고 있는지를 이해하려고 노력했다. 두 귀를 쫑긋 세우고 있을 때는 진지하고 지적이며 매우 생각이 깊어 보였다. 빈틈없는 성격의 연구원이 온힘을 다해 집중하고 연구해서 자연의 비밀 하나를 성공적으로 풀어내려는 것 같은 모습이었다.

가끔 어부 알몬의 개 지토는 주인의 생각을 읽기도 했다. 지토는 주인이 어떤 생각을 하고 행동에 옮기기 전에 그것을 알아채서 먼저 움직이기도 했다. 난로 옆에 앉아 있다가 알몬이 시계를 흘긋 쳐다보고 강에 나갈 채비를 하기도 전에 갑자기 일어나서 밖으로 나가 문 앞에서 알몬이 나올 때까지 기다리고 서 있었다. 지토는 알몬을 잡아당기기도 하고 혀로 볼을 핥기도 했다. 알몬은 지토가 떠오를 때마다 슬프고 가련한 마음을 가누기 힘들었다.

그날 밤 이후 몇년의 시간이 흘렀지만 늙은 어부는 사라진 개에 대한 허전함을 그 무엇으로도 채울 수가 없었다. 둘은 서로를 믿고 걱정해주고 아껴주고 끔찍이 사랑하는 사이였다. 그럼에도 그 개는 갑자기 주인을 잊은 걸까? 아니면 나쁜 일이라도 생긴 것일까? 만약 지토가 살아 있다면 그를 데려간 사람에게서 도망쳐서 분명히 집으로 돌아왔을 텐데, 도무지 어찌된 일인지 알 수가 없었다. 알몬은 가끔 지토와 멀리 떨어져 있다는 생각이 들었다. 숲속 깊은 곳으로부터 가느다랗게 흐느끼는 듯한 소리로 '이리 오세요, 무서워하지 말고 오세요'라는 희미한 메아리가 들려오는 것 같았다. 지토가 사라지던 그날 밤 작고 검은 방울새 한쌍도 사라졌다. 검은 방울새는 창으로 바람이 불어올 때면 새장 속 보금자리인 잘 휘어지는 나뭇가지 위에 앉아 날개를 가볍게 비벼대며 알몬을 위해 노래를 부르곤 했다. 나무벌레들도 사라졌는데, 그 벌레들은 밤에 조금씩 나무 갉는 소리를 냈다. 알몬은 그 소리를 들으며 잠이 들었다. 알몬의 집에 있는 고가구 뒤편 벽에서 벌레들은 그들만의 동굴 파기를 한순간도 멈추지 않았다. 몇년간 어부는 밤마다 어둠속 장롱 쪽에서 속삭이듯 들려오는 벌레소리를 자장가 삼아 잠이 들었다. 그래서 그는 그날 밤 이후로 잠들기 힘들었다. 어둠속 깊은 적막이 그를 비웃는 것처럼 느껴졌다. 그래서 어부 알몬은 밤마다 자정 무렵까지 식탁에 앉아 있었다. 숲에서 슬피 우는 여우의 울음소리가 굳게 닫힌 셔터를 넘어 들려왔다. 예전에 마을 마당에 있던 강아지들은 그 소리를 듣고 숲의 여우에게 화를 내듯 짖어댔었다. 그의 사랑스러운 개 지토는 살며시 다가와 그의 무릎에 머리를 기대고 이해심 깊은 눈빛으로 주인 알몬을 쳐다보았다. 그 눈은 자비로움과 사랑, 슬픔으로 가득 차 부드럽게 빛나고 있었다. 알몬이 그에게 지토야, 이젠 됐다, 이제 괜찮아,라고 말할 때까지.

그렇게 어부는 고요한 어둠속에 홀로 앉아 혼잣말을 하면서 그의 개와 검은 방울새, 강의 물고기, 심지어는 나무를 갉아먹는 벌레까지 그리워하면서 글을 썼다가 지웠다. 간혹 멀리서 니미의 목소리가 가느다랗게 들려왔다. 어둠속에서 니미는 혼자 마당 이곳저곳을 뛰어다니며 즐거운 듯 소리를 질렀다. 그 소리는 멀리서 들려오는 울음소리와 비슷했다. 이럴 때 어부 알몬은 연필을 꾸짖고 큰소리로 난로와 말다툼을 하거나 포효하는 거친 강물소리와 요동치는 밤을 조금이라도 잠재우기 위해 대충대충 공책을 넘겼다.

알몬은 공책에 적었다. 동물들이 없으니까 환하고 밝은 여름날 저녁도 짙은 안개가 뒤덮여 짓누르는 것 같이 느껴진다고. 안개는 곳곳에, 모든 것 위에 내려앉아 사람들의 마음과 숲, 마을 전체를 덮는 것 같다고 어부 알몬은 그의 공책에 썼다. 안개가 자욱한 여름밤이라고 적었다.

그날 밤 귀신 네히는 모든 동물을 자신의 뒤를 따르게 해 그가 숨어 지내는 산으로 데리고 갔다. 집에서 기르던 동물도 우리에 가두어두었던 동물도 모두 사라지고 없었다. 마을 사람들은 적막과 공포에 휩싸인 채 과수원에서 과일을 재배하며 살았다. 강물만이 진흙덩이와 부러진 나뭇가지, 작은 조약돌을 나르면서 여전히 힘차게 흘러갔다.

7

가끔 나무를 자르기 위해 숲 가장자리 부근으로 들어가
는 용감한 사람들이 있었다. 지붕 고치는 다니르와 젊은 조
수들은 절대로 혼자 숲속에 들어가지 않았다. 항상 해가 있
을 때, 낮시간에만 서너 명이 무리를 지어 함께 숲으로 들어
갔다.

마을의 부모들은 아이들에게 절대로, 절대로 어떤 일이
있어도 어두워지고 나서는 집밖으로 나가면 안된다고 가르
쳤다. 아이들이 왜냐고 물으면 밤은 너무 위험하기 때문이
라고 말했다. 우리에게 어둠은 잔인한 적이라고 말했다. 그

렇지만 아이들은 모두 알고 있었다.

　새벽녘 나무를 자르러 숲에 들어간 사람들은 풀잎이 짓밟히고 나뭇가지가 부러져 있는 모습을 볼 수 있었다. 그래도 그들은 서로를 바라보며 머리만 갸우뚱거릴 뿐 말은 한마디도 하지 않았다. 어둠이 내리면 산귀신 네히가 산꼭대기에 있는 그의 궁전에서 내려와 마을을 둘러싼 숲속을 어슬렁거리고 한밤중에 그의 그림자가 공중을 맴돌면서 강 전체에 그림자를 드리운다는 것을 알고 있었기 때문이다. 네히는 손으로 과수원의 울타리를 더듬거렸고 숨소리조차 들리지 않을 정도로 고요하게 집과 집 사이를 지나 어두운 마당으로 날아갔다. 그는 모든 것이 떠난 마구간과 버려진 외양간 사이를 오갔다.

　이른 아침에 나무를 자르는 사람들은 말했다. 여기 봐, 정말 여기야. 그가 밤에 지나갔어. 대여섯 시간 전에 우리가 서 있는 지금 이곳을 소리 없이 지나간 거야. 정말 그렇다고 생각하니 사람들은 등골이 오싹했다.

8

어느날 밤, 마티는 마야에게 약속한 일을 실행에 옮기기로 마음먹었다. 그러나 옷을 갈아입고 몰래 밖으로 나가 작은 숲이 있는 폐허로 갈 정도의 용기는 없었다. 그는 밖으로 나가는 대신 부모님과 누나들이 깊이 잠들 때까지 기다렸다가 일어나서 맨발로, 뜬눈으로 다음날 아침까지 부엌 유리창 옆에 서 있었다. 그곳에서는 작은 나무를 비스듬히 엿볼수 있었다. 마티는 폐허 아래쪽에 서 있는 아홉 그루의 나무를 세는 데 성공했다. 밤새도록 나무는 아홉 그루였다. 아침에 동이 틀 때까지도 그곳에 서 있는 나무는 모두 아홉 그루였다. 그래서 마티는 마음속으로 마야가 분명히 긴장하고 겁에 질려 잘못 세었거나 졸다가 꿈을 꾼 것이라고 생각했다.

마티는 다음날 교실에서 마야에게 귓속말로 그 이야기를 했다. 그랬더니 마야는 마티에게 오늘 학교수업을 마치고 그곳에 가서 나무가 몇그루인지 다시 세어보자고 했다. 마티와 마야는 비탈에 있는 폐허로 가서 나무를 꼼꼼히 주의 깊게 세어보았다. 나무 한그루 한그루를 만지면서 큰소리로 숫자를 세었다. 나무는 여덟 그루였다. 아홉 그루가 아니었다.

임마누엘라 선생님은 교실 칠판의 양옆과 창문들 사이사이, 책장 위까지 검은색과 빨간색으로 글자를 써 붙였다. 숲은 위험한 장소라는 내용이었다. 산을 조심하세요. 수풀은 모두 사악한 작은 숲으로 변할 수 있습니다. 아이가 계곡에 내려가면 영영 돌아오지 못하거나 소리지르는 병에 걸리게 될 겁니다. 어둠은 우리를 싫어해요. 집밖은 위험한 것들로 가득 차 있어요.

9

마을 아이들 중 유독 마야와 마티만 어두운 숲에 끌렸다. 말없이 걱정하고 두려워하면서도 그들의 마음은 숲으로 향했다. 그들은 숲속에 무엇이 숨겨져 있는지 상상해보았다. 마티에게는 아직 준비가 덜되었지만 계획이 있었다. 마티는 그 계획에 마야를 넣어야겠다는 생각을 하고 있었다. 마야가 자신보다 더 용감하다는 걸 알고 있었기 때문이다. 숲으로 가려는 계획과 바람은 그들 둘만의 비밀이었다. 이 비밀은 어느 누구에게도 말하지 않았다. 그들의 부모님, 임마누엘라 선생님, 마티의 누나들, 어부 알몬, 지붕 고치는 다니르, 여자친구와 남자친구 들 모두에게 비밀이었다. 주위에 아무도 듣는 사람이 없을 때만 귓속말로 둘만의 비밀을 속삭였다. 마티와 마야는 가끔씩 오후시간에 몰래 마구간에서 만났다. 마티네 집 뒷마당의 쓰러져가는 허름한 마구간이었다. 그들은 비밀이야기를 할 때 마티의 부모님과 누나들에게 들리지 않도록 소곤소곤 속삭였다.

마티와 마야가 가끔 둘이서만 속삭이는 것을 본 마을 아이들과 마티의 누나들은 마티와 마야가 사귄다고 생각했다. 마티와 마야가 서로 사귀기 시작했다면 그들을 귀찮게 하거나 놀리며 짓궂게 구는 것도 마을 아이들이나 누나들에게는 즐거운 일이 될 것이다. 언제 어디서든 남자와 여자가 친구들과 함께 있기보다 둘이서만 있고 싶어하면 사람들은 곧장 그들이 연인관계라고 생각한다. 대부분의 주변 사람들은 연인들을 질투한다. 깨끗하지 않은 상처를 내버려두면 곪는 것처럼 질투는 놀리기를 내버려두는 데에서 시작해 아픔을 주며 부풀어오른다.

마티와 마야는 그저 비밀을 공유하는 파트너에 불과한데도 사람들에게는 연인 사이로 비쳤다. 그들은 단 한번도 손을 잡은 적이 없고 서로의 눈을 깊이 들여다본 적도 없었다. 서로에게 특별한 미소를 지어본 적도 없고 입을 맞춘 적은

더더욱 없었다. 둘은 각자 입은 어떻게 맞추는지, 입맞춤할 때는 어떤 느낌일지에 대해서 서너 번쯤 상상해본 적은 있었다.

그렇지만 그런 상상에 대해 단 한마디도 서로 이야기를 나눈 적은 없었다. 마티와 마야를 엮어준 것은 사랑이 아니라 어떤 일이 있어도 둘만 알아야 하는 비밀이었다. 비밀 때문에 놀림을 받아서 마티와 마야는 서로 더욱 가까워졌고 더욱 외로움을 느꼈다. 만일 사람들이 그들의 비밀을 알게 되면 이보다 몇배 더 그들을 귀찮고 화나게 할 것이다. 분명 그 누구도 그들처럼 잘 참고 견뎌내지 못했을 것이다.

사람들은 어부 알폰이 공책에 그의 생각을 쓰는 것과 마당에 서서 아침저녁으로 몇년 전에 죽은 게 틀림없는 강아지를 부르듯 휘파람을 부는 것, 그의 텃밭에 쓸데없이 허수아비를 세워놓은 것을 비웃으며 놀려댔다. 그가 혼잣말을 하거나 허수아비에게 말을 거는 것도 비웃었다. 어부는 강물을 상대로 언쟁을 했다. 달이나 하늘에 흘러가는 구름과도 말씨름을 했다. 마을 사람들은 특히 알폰이 허수아비와 벽, 의자를 상대로 말다툼하는 것을 보고 놀리며 웃었다.

마을 사람들은 마야의 과부 엄마인 제빵사 릴리아에 대해서도 수군거리고 낄낄대며 비웃었다. 마을 사람들은 손가락질하며 말했다.

"저기 좀 봐요. 그 이상한 여자가 지나가요."

그녀는 하루 일과가 끝나면 그날 팔리지 않아 남은 빵을 빻아 가루를 만들어 강에 가서 뿌리거나 나무 둘레에 뿌리곤 했다. 물고기들이 갑자기 이곳으로 헤엄쳐오거나 하늘에서 길 잃은 새가 마을로 날아오는 기적이 생길 수도 있다고 생각했기 때문이다.

사람들은 릴리아의 빵가루를 비웃었지만 가끔씩은 나무 옆이나 강가에 서서 기다리기도 했다. 어쩌면 한번쯤은 그런 일이 생길 수도 있지 않을까 생각하면서. 그런 일이 일어날 수는 없는 걸까? 하지만 사람들은 몇초만 지나면 누군가 그들의 귀에 대고 큰소리로 손뼉이라도 친 것처럼 갑자기 다시 정신을 차리고 부끄러운 표정을 지으며 어깨를 움츠리고 자리를 떴다.

마을 사람들은 누군가의 등뒤에서만 흉하게 낄낄대는 것이 아니라 드러내놓고 비웃기도 했다. 가난한 재봉사 솔리나와 장애인 남편 기놈에 대해서는 거리낌없이 비웃었다. 기놈은 기억상실증에 걸려 있었고 온몸이 작은 쿠션만 하게 오그라들어 있었다. 그는 그들이 기르다 사라져버린 어린 양이 우는 것처럼 매애 하고 울었다. 부인 솔리나는 남편 기놈을 포대기로 감싸고 두 장의 담요를 덮은 뒤 유모차에 태워 매일 저녁 마을 골목길을 산책했다. 화난 짐승이 포효하는 것 같은 소리를 내는 강가까지 산책을 가기도 했는데, 강물 소리는 그를 세상 모든 것을 잃은 것처럼 절망적이고 날카로운 목소리로 매애 하고 울게 만들었다.

10

그 일은 비밀이었다. 마티와 마야는 맨발로 강 상류로 올라가서 동글동글하고 매끄럽고 반짝거리는 조약돌을 주워 모았다. 마티는 그 돌 중에서 팔아도 될 만한 작은 보석돌을 찾아내기도 했다. 굽이굽이 흘러가는 강 한귀퉁이 으슥하게 숨은 바위의 좁고 깊게 갈라진 틈으로 물이 흘러들어와 약간 고여 있었다. 회색 바위 사이 그늘진 곳에 작은 연못이 숨어 있었다. 의자다리 사이 너비의 작은 연못이었다. 물풀 때문에 햇빛이 흩어지면서 반사되었다. 연못의 수면 위로 햇빛은 산산조각이 나서 자디잘게 부서졌다. 연못 속에서

셀 수 없이 많은 금빛 불꽃이 눈부시게 흔들렸다.

갑자기 물풀과 바위벽 사이로 무엇인가 지나가며 눈을 부시게 했다. 그럴 리가. 빛은 깜빡이고 반짝거리며 구부러지듯 지나갔다. 아니, 어떻게 이럴 수가? 그것은 조금 전에 물에 씻은 칼처럼 번쩍거렸다. 은으로 만들어진 것처럼 보이는 비늘이 춤추듯 재빠르게 움직였다. 물고기, 물고기였다. 그건 물고기였다. 그런데 어떻게 물고기가 여기 있는 걸까? 물고기일 리가 없는데. 마야, 너도 정말 여기서 물고기를 보았다는 거야? 정말이야? 마야, 내 말 좀 들어봐. 여기 물고기가 있다는 건 정말 믿을 수 없는 일인데 분명히 물고기가 있는 거야. 마야, 물고기, 살아 있는 물고기 말이야. 너랑 나랑 둘이서 지금 여기서 물고기를 본 거라구. 그냥 지나치듯 본 게 아니라 이렇게 똑똑히 보고 있잖아. 절대 잎사귀가 아니라 물고기인 게 분명해. 작은 쇳조각이 아니라 물고기야. 마티, 진짜 물고기 맞아. 진짜 살아 있는 물고기, 의심할 여지가 없는 물고기야. 난 물고기를 봤어. 진짜 물고기였다니까.

손가락 절반 정도 길이의 작은 물고기였다. 은빛 비늘과 부드러운 레이스 같은 지느러미, 투명한 아가미가 살짝살짝 흔들리고 있었다. 작은 물고기는 둥근 눈을 뜨고 잠시 그들

둘을 쳐다보았는데 마티와 마야뿐 아니라 모두에게 무언가를 암시하려는 것 같았다. 이 별에 살고 있는 모든 생물, 사람, 하마, 닭, 파충류, 물고기 들은 겉보기에는 차이가 많아도 모두 서로 가깝다는 얘기를 하는 것 같아 보였다. 우리 모두에게는 모양과 색, 움직임을 볼 수 있는 눈이 있고 목소리와 메아리를 들을 수 있는 귀가 있다. 적어도 우리의 피부를 통해 빛과 어둠이 바뀌는 것을 느낄 수 있다. 우리는 쉴 새 없이 냄새를 맡고 맛을 보고 느끼면서 그것들을 분류한다.

게다가 우리는 가끔 놀라기도 하고 불안에 떨기도 한다. 우리는 피곤할 때도 있고 배가 고플 때도 있다. 우리들 개개인은 무언가에 끌리거나 두려워하기도 하고 갑작스런 심정의 변화를 일으킬 때도 있고 이를 참을 때도 있다. 그외에도 우리 모두는 예외없이 항상 쉽게 상처받는다. 우리 모두는 하나같이 더 좋아지려고 애쓴다. 너무 덥거나 춥지 않으려고 하며, 대부분의 시간을 찌르고 물고 자르려고 덤비는 모든 것으로부터 우리 자신을 지키려 노력한다. 우리 모두는 매우 쉽게 뭉개지거나 으스러진다. 또한 우리 모두는 새, 애벌레, 고양이, 어린이, 늑대조차도 가능하면 위험에 처하거나 고통에 빠지지 않으려고 주의한다. 먹이를 구하거나 놀기 위해 밖으로 나가면 위험에 처하는 경우가 많다. 모험,

감정, 지배, 즐거움 뒤에도 위험이 뒤따른다. 마야는 이런 것들에 대해 오랫동안 생각하고 나서 말했다.

"말하자면 우리 모두는 하나도 빠짐없이 모두 작은 배에 함께 타고 있다는 거야. 모든 아이들, 마을 사람들, 사람들만이 아니라 모든 생물을 말하는 거야. 우리 모두 말이야. 난 아직도 이 질문에 대한 답을 정확히 몰라. 식물도 조금 거리는 있지만 가까운 우리 가족 아닐까?"

마티는 이렇게 대답했다.

"다른 승객들을 귀찮게 하거나 놀리는 사람은 배에서 내려야 할 거야. 그런 사람은 멍청해서 결국 배를 망가뜨릴 거야. 다른 배는 없는데 말이야."

순간, 아니 그보다 더 짧은 시간에 작은 물고기가 몸을 흔들며 지나갔다. 가느다란 지느러미를 부채처럼 흔들며 지나가다 미끄러지듯 재빨리 강의 물풀, 어두운 그늘 속으로 뛰어들어갔다. 이것은 마야와 마티가 살아오면서 처음 본 생물이었다. 임마누엘라 선생님이 벽에 붙여놓은 그림이나 책에서 본 암소, 말, 개, 새 들과는 다른 것이었다. 어부 알몬이 마을 아이들에게 나누어준 조각과도 다른 것이었다.

마야와 마티는 책에서 물고기 그림을 본 적이 있기 때문에 그것이 작은 물고기라는 것을 금세 알아차렸다. 그들은 그것이 의심할 여지없이 살아 있는 것이고 그림이 아니라는 걸 알았다. 책 속의 그림은 이 물고기처럼 온 근육을 움직여 몸을 흔들 수 없고 순식간에 미끄러지듯 물속 깊이 헤엄쳐 들어가 물풀 사이 그늘진 곳에 숨을 수 없다는 것을 말이다.

11

이것은 마을에서 오랜만에 처음 보는 생물이었다. 그날
밤 산귀신 네히가 모든 생물을 데려간 뒤로 마을 사람들은
살아 있는 동물, 말이나 비둘기, 쥐, 양, 수소 등의 생물을 무
시하며 살아왔다. 부모들 중에는 동물에 대한 주체할 수 없
는 그리움이나 슬픔을 억누르지 못한 나머지 동물 이야기를
해서는 안된다는 것을 잊고서 아이들에게 동물 소리를 흉내
내어 들려주는 사람도 있었다. 닭이나 하마의 울음, 소가 음
매 하고 우는 소리, 숲속의 늑대가 짖는 소리, 비둘기가 구구
하는 소리, 벌이 윙윙거리는 소리, 거위가 꽥꽥거리는 소리,

개구리가 개굴개굴 하는 소리, 올빼미와 수리부엉이가 우는 소리를 들려주었다. 그러나 이내 그들은 자신의 슬픔을 부인하고 아무렇지 않은 척하며 단지 재미있는 소리를 내본 것뿐이라고 했다. 그게 전부라고. 또 동물들의 소리는 현실 세계의 것이 아니라 전설로 전해져 내려오는 것을 그대로 따라해본 것이라고 강조했다.

마을 사람들의 기억이 꼬여 있는 것은 정말 이상했다. 사람들은 기억이 나지 않으면 망각의 담요를 뒤집어쓰고 숨어 있거나 잊는 게 낫다고 생각하고 그렇게 했다. 잊은 일들 중에 마음을 무겁게 짓누르며 떠오르는 것이 있어도 그냥 잊어버리기로 했다. 때로는 일어나지 않은 일도 하나하나 상세하게 생각해내는 경우가 있다. 전에는 존재했지만 이제는 사라져버린 것을 슬픔과 그리움 속에 아련히 떠올리기도 했다. 그들은 수치스럽고 슬픈 마음으로 그건 단지 꿈이었다고 단호하게 말했다. 아이들에게는 이렇게 이야기했다.

"그건 그냥 전래동화란다."

"그 이야기는 농담이야."

전래동화나 농담 그 이상도 이하도 아니라고 했다.

몇몇 아이들은 이런 이야기를 들으면서 그 일이 정말 일어났는지 전혀 일어나지 않았는지 종잡을 수가 없었다. 대부분의 아이들은 이야기를 들으려고조차 하지 않았다. 이야기를 들은 아이들은 임마누엘라 선생님과 부모들을 비웃었다. 오랫동안 마을에서 동물을 본 적이 없기 때문이었다. 그래서 아이들은 음매, 무우, 매애 하고 우는 동물의 소리는 그저 부모들이 만들어낸 것이라고 결론을 내렸다. 현실적인 삶을 살기 위해서는 미신은 쫓아버려야 한다. 상상의 세계에 사는 사람은 우리와 같지 않다. 우리와 비슷한 삶을 살지 않는 사람은 소리지르는 이상한 병에 걸릴 수 있으니 조심해야 한다. 일단 그 병에 걸리면 우리를 구해줄 사람은 아무도 없다.

지붕 고치는, 잘 웃는, 다리가 긴, 마을 아가씨들이 좋아하는 다니르라면 또 모를까…… 다니르는 지붕 위에서 일을 함께하는 젊은 조수들과 노래부르기를 좋아했다. 스스로를 어른이라고 착각하는 마을 아이들이 창문을 열고 다니르에게 말을 걸면 그는 가던 길을 멈추고 자신이 아직 아이인 것처럼 이야기를 나누었다. 다니르는 골목길이나 마을 아가씨들의 집 창문 아래서 휘파람 불기를 좋아했다. 아무도 다니르의 진심을 도통 알 수가 없었다.

다니르와 그의 친구들은 긴 여름 저녁 광장 주변에서 돌을 주워모았다. 그들이 언제 농담을 주고받고 언제 긴장하는지 알 수 없었다. 그들은 가끔 진지한 대화도 나누었지만 언제나 농담하는 것처럼 보였다. 그들에게 진지하게 말을 걸어도, 농담을 하려는 게 아니라고 해도 그들은 늘 농담으로 받아들였다.

모두가 어부 알몬을 깔보았기 때문에 어느 누구도 그의 말을 귀담아듣지 않았다. 아이들에게 현실이란 보이는 것, 들리는 것, 손으로 만질 수 있는 것만이 아니라 눈에 보이지 않아도 손으로 만져서 찾을 수 있는 것이라는 사실을 가르쳐줄 만한 사람이 마을에는 없었다. 누구나 마음의 눈으로 보고 귀기울여 들을 줄 알면 그 생각을 손가락으로 느낄 수 있다. 그렇지만 누가 진정으로 알몬의 이야기에 귀기울이고 싶어할까? 그는 수다스럽고 눈은 거의 실명한데다 못생긴 허수아비와 마주 서서 끝없이 논쟁을 벌이는 늙은이였다.

12

물고기가 사라지고 나서 둘은 서로의 얼굴을 바라보고 있었다. 잠깐 동안 망연자실한 표정으로 벌어진 입을 다물지 못했다. 눈은 동그래지고 두 볼과 이마는 표백제를 바른 것처럼 창백했다.

"내가 들은 거 너도 들었지? 그렇지? 말해봐, 너도 들은 거 맞지?"

오래전 숲을 지나온 사람들은 좁은 계곡과 산비탈을 지났다. 북쪽 산맥의 가파르고 험한 숲 때문에 이리저리 헤매고 돌아다니다가 이곳으로 오게 되었는데 점차 시간이 흐르면서 꿈속인 듯 서너 개의 희미한 소리가 낮고 어두운 메아리가 되어 들려왔다. 그 소리는 개 짖는 소리와 비슷했다.

마야와 마티는 임마누엘라 선생님 시간에 개가 어떻게 짖는지에 대해 배웠다. 그러나 누가 불쌍한 임마누엘라 선생님을 비웃을 수 있을까? 선생님은 마을에서 남편감을 만나지 못했다. 남편감이 될 만한 사람들은 한번도 그녀에게 눈길을 주지 않았다. 물고기가 사라진 후 마야와 마티는 북쪽 산 방향에서 희미하게 들려오는 소리가 개 짖는 소리처럼 들렸다. 개 짖는 소리가 아닐 수도 있다. 혹시 멀리서 폭포가 떨어지는 소리 아닐까? 나무 꼭대기가 바람에 흔들리는 소리거나 돌풍이 몰아쳐 나뭇가지가 부딪는 소리일 수도 있다.

마야와 마티가 강에서 살아 있는 작은 물고기를 보았다고 하면 누가 그걸 믿겠는가? 모두 마티와 마야를 비웃으며 놀릴 것이다. 가끔 어떤 아이가 아침에 학교에 도착했을 때 학교 운동장에서 나는 이상한 소리를 들었다고 이야기하곤 했다. 그애는 맹세할 수도 있다고 했다. 쨍쨍거리는 소리거나 윙윙거리는 소리였다고 했다. 아이들은 그런 이야기를 절대 믿지 않았다. 오히려 그런 이야기를 하는 아이를 괴롭히고 비웃으면서 넌 그런 이야기 하지 않을 때가 더 낫다고 했다. 이렇게 말하기도 했다.

"그런 소리 하지 마. 니미처럼 되기 전에."

놀리는 일에서 빠지면 놀리는 사람들로부터 따돌림을 받거나 외톨이 신세가 될 수 있다. 놀리는 사람들은 늘 함께 어울려서 누군가를 놀리기 때문이다. 누군가 놀리는 것에 대해 이의를 제기하면 그 사람은 외톨이가 되는 걸까? 항상 홀로 남게 될까?

어른들은 어떤가? 내면의 소리를 잠재우기 위해 늘 노력할까 아니면 어떤 죄의식으로 인해 수치심을 느끼는가?

마티와 마야는 여러 번 그곳을 찾아갔다. 그들은 연못 가까이까지 갔다. 거의 빨려들어가거나 빠질 정도로 가까이 다가갔다. 그러나 작은 물고기는 나타나지 않았다. 시냇물이 흘러내려가는 산비탈 쪽으로 길게 여기저기 흩어져 있는 작은 연못 수십개를 하나하나 뒤졌지만 허사였다. 시냇물 아래쪽으로 펼쳐진 금빛 모래사장은 물풀에 가려져 있었다.

한번은 저녁나절, 갑자기 그들 머리 위 하늘 높은 곳에 무언가가 떠다니고 있었다. 그 무엇인가가 공중의 높은 곳을 지나가자 어두워졌다. 무언가 그곳에서 항해를 하고 있었다. 저녁 바람에 실려온 한점 구름처럼. 그것은 숲 쪽에서 와서 바람에 날려 다시 숲 쪽으로 움직여갔다. 그들 머리 위

높은 곳에서 투명하고 느린 물체가 조용히 지나갔다.

마야와 마티가 관찰을 끝내기도 전에 그들 머리 위를 지나갔다. 높이, 소리없이 높이 떠서 더 높이, 마을 위로 높이, 강보다 높이, 어두운 숲보다 훨씬 더 높이 지나갔다. 마티와 마야는 서로의 눈을 마주보며 잠시 몸을 떨었다.

13

마티와 마야는 지하 독방에서 둘이서만 일을 하는 것처럼 보였다. 그들은 어딘가에 동물이 실제로 존재하고 있을 거라고 서로를 설득했다. 마티는 두려움에 떨었고 마야는 그보다는 덜 두려워했다. 마치 요술에 걸린 듯 무엇엔가 이끌려 그들은 살아 있는 동물의 흔적을 찾기 위해 모험에 나서기로 했다. 마티와 마야는 이 모험을 계획하고 실행에 옮기는 것이 쉽지 않았다. 그들은 자기 자신도 완전히 믿지 못했다. 작은 물고기도 개 짖는 소리도 자신들의 상상에 속은 것일 수 있다고 생각했다. 은색 잎사귀 하나가 물속에 잠기기 전에 잠시 반짝인 것이었을까? 먼 숲에서 오래된 나무가 부러져 쓰러지는 소리가 메아리로 울려퍼지면서 개 짖는 소리와 비슷하게 들린 걸까? 어디서 어떻게 모험을 시작해야 하는 걸까? 니미와 같은 병에 걸리게 되면 어떻게 하나?

나중에 사람들이 그들을 붙잡아서 벌을 주면 어떻게 하나? 사람들은 그들 둘을 비웃고 놀릴까? 두 사람 때문에 산귀신 네히의 분노가 끓어오르면 어떻게 해야 할까? 그들도 네히의 날개 아래 긴 망또 속으로 영원히 사라져버리는 건 아닐까? 몇년 전 모든 동물들이 사라진 것처럼. 어디서부터 그것들을 찾기 시작해야 할까?

14

질문에 대한 답이 머릿속에 떠올랐다. 숲에서부터 찾기 시작하는 거야. 이 답은 마티와 마야를 두렵게 했다. 두려움 때문에 그들은 모험에 대한 계획을 3,4주 동안 서로 속삭이기만 했다. 둘 사이에 어떤 부끄러운 일이 생겼는데 전혀 그런 일이 없었다는 듯 행동하는 것처럼 보였다. 일어났던 그 일을 완전히 잊어버린 것 같았다.

하지만 모험에 대한 그들의 생각은 이미 뿌리 깊이 박혀서 밤 사이 그들의 꿈속에까지 스며들었다. 모험에 대한 기쁨과 설렘이 생기지도 않았고 호기심과 흥분으로 들뜨지도 않았다. 타오르는 용기가 생긴 것도 아니고 암울한 느낌이 계속되었지만 그들은 서로를 꼭 붙들고 흔들리지 않았다. 그게 전부였다. 그것 말고 무엇을 더 할 수 있겠는가? 이제부터 그것이 그들에게 주어진 일이었다. 그들은 이제 어떤 선택도 할 수 없게 되었다.

그렇게 그들 둘은 숲에 대해, 연못의 작은 물고기에 대해, 멀리서 들려오는 개 짖는 소리에 대해, 그들 머리 위를 지나가던 구름 아닌 구름에 대해, 그리고 동물들의 흔적에 대해 쉬지 않고 속삭였다. 마티와 마야가 속삭이는 모습을 본 반 아이들과 마을 아저씨, 아주머니 들은 촉각을 곤두세우고 그들을 지켜보았다. 마을에 여러 소문이 떠돌았다. 마을 사람들과 아이들은 서로 자기들끼리 눈짓을 하며 낄낄거렸다. 저 두 아이들 좀 봐. 서로 사귀나봐. 손은 벌써 잡았겠지? 손만 잡았을라구. 입도 맞췄을걸. 밤을 함께 보냈는지도 모르지.

마을 사람들은 이상한 이 두 아이들이 서로 잘 어울린다고 생각했다. 마야는 마을 사람들이 미쳤다고 생각하는 제빵사의 딸이었다. 마야의 엄마는 매일 저녁 물고기도 없는 강에 가서 그날 팔고 남은 반죽을 떼어 강에 던지거나 새 한 마리 날아오지 않는 나무 아래 빵가루를 뿌리곤 했다. 마티는 작은 수첩에 무엇인가를 적곤 했는데 아무에게도 그 내용을 보여주지 않고 벽과 이야기하고 논쟁을 벌이는 어부에게만 보여주었다. 어부 알몬이 아니라 알몬의 허수아비에게만 보여주었던 걸까?

그들을 놀리는 건 그렇게 넘어갔지만 그들 주변에는 진흙으로 진한 얼룩이 번져 그들을 혼란스럽게 만들었다. 마티와 마야는 사람들이 놀리는 것을 개의치 않기로 했다. 어느날 아침 일찍 마티와 마야는 학교로 가는 대신 마을을 벗어나 곧장 숲으로 향했다.

15

마야와 마티는 강가를 따라 걸어올라가면서 손을 잡지는 않았다. 강에는 미끌미끌한 바위가 듬성듬성 놓여 있었는데 강을 건널 때 젖은 돌을 건너뛰어가며 맞은편 강기슭에 다다를 수 있었다. 그럴 때 둘은 찬 강물에 빠지지 않기 위해 서로의 손을 잡고 하나가 되어야 했다. 구불구불한 강물을 따라 산에 오르니 숲은 점점 더 울창해졌다. 산으로 올라가면서는 때때로 위로 높이 뻗은 나무에서 넓게 퍼져나온 나뭇가지와 우거진 수풀, 고사릿과 식물들을 걷어내거나 제치면서 걸어야 했다.

순간, 그들은 숲에 자신들만 있는 것이 아니라는 생각이 들었다. 또다른 누군가, 무엇인가, 넓고 크고 어두운 것이 그들 뒤에서 조용하고 깊게 숨을 쉬고 있다는 생각이 들었다. 그러나 보이는 것은 빽빽한 초목밖에 없었다. 초록색이던 초목은 갈수록 점점 더 검게 보였다. 온힘을 다해 귀기울여 들으려고 하면 할수록 바람의 속삭임에 떨리는 나뭇잎 소리밖에 들을 수 없었다. 강물은 바위와 바위 사이로 흘러내려갔고 찰랑거리는 나뭇잎과 마른 나뭇가지가 그들이 지나가는 길 위에 떨어져내렸다.

수풀이 너무 우거져서 숲속 길은 비좁고 갑갑했다. 그들은 몸을 구부리거나 무릎으로 기고 손바닥으로 땅을 짚으면서 울창한 숲을 빠져나갔다. 지나는 길에 간혹 동굴이 있어서 그 안을 몰래 들여다보았다. 동굴 안은 시커먼 어둠이 내려앉아 있었고 동굴 입구에서는 오래된 먼지냄새와 짙은 어둠의 냄새를 맡을 수 있었다.

여러 동굴 중 한 곳에서 갑자기 어둠의 냄새가 아닌 연기가 소용돌이치며 올라왔다. 나뭇가지를 태워 모닥불을 지피는 좋은 냄새가 퍼져나와 동굴 밖 주변 공기를 향기롭게 만들었다. 마야와 마티는 자신들의 몸이 얼어 있다는 것을 그제야 깨달았다. 마티가 마야에게 작은 목소리로 말했다.

"누군가에게 붙잡히기 전에 얼른 여기서 도망치자."

마야가 대답했다.

"지금까지 기어왔잖아. 잠깐, 저기 동굴 속에 무엇이 있는지 살짝 엿보고 올게. 난 저 속에 무엇이 있는지 꼭 들여다볼 거야. 마티, 너는 여기서 기다려. 들키지 않게 저 바위 뒤에 숨어 있어. 내가 저기서 뛰어나와 도망치면 너도 산아래로 뛰어. 머뭇거리거나 나를 기다리지 말고 온힘을 다해 집을 향해 뛰어가. 뒤돌아보지 말고. 나도 있는 힘껏 뛰어내려갈게. 십오분쯤 지나도 내가 나오지 않으면 나를 기다리지 말고 집으로 뛰어가는 거야. 길 잃지 말고 가는 길을 잘 기억해야 해. 그리고 지붕 고치는 다니르에게 가서 이야기해. 다른 사람에겐 절대 이야기하지 마. 우리 엄마는 크게 놀라실 거야. 그러니까 우리 엄마에게도 이야기해선 안돼."

마티는 겁에 질려 마야에게 안된다고 말하고 싶었다. 그건 너무 위험해. 저 어두컴컴한 동굴 속에 무엇이 있을지 모르잖아. 무엇이 널 기다리고 있을지 모르잖아. 그렇지만 하고 싶은 말을 참으면서 입을 다물고 있었다. 사실 마야가 항상 자신보다 더 용감했기 때문에 마티는 그 점이 약간 부끄럽기도 하고 스스로가 한심하다는 생각을 하기도 했다.

두 개의 꼬불꼬불한 길과 세 개의 돌계단을 지나 좁고 후

미진 곳 끝부분에 자그마한 동굴이 있었다. 동굴 벽은 그을음으로 덮여 있었고 불그림자가 벽 앞에서 어지럽게 흔들리며 춤추고 있었다. 모닥불에서 올라오는 좋은 냄새를 맡으니 배가 고팠다. 한편 마티는 마야의 지시에 따르지 않고 마야가 간 방향으로 몇걸음씩 따라갔다. 두 개의 꼬불꼬불한 길, 두 개의 돌계단을 지났는데 세번째 돌계단에 가서는 그만 용기가 나지 않아 그 자리에 멈춰섰다. 마티는 바위와 바위가 맞닿은 곳 뒤에 몸을 숨기고 마야에게 무슨 일이라도 일어나는 것은 아닌지 잠시도 눈을 떼지 않고 살펴보았다.

동굴 속에는 체구가 작은 남자가 마야 쪽으로 등을 돌리고 혼자 앉아 부지런히 모닥불을 피우고 있었다. 마야가 동굴에 들어가 그 뒤에 서 있는 것을 전혀 눈치채지 못한 것 같았다. 마야는 조심스럽게 온몸을 긴장한 상태로 그곳에서 즉시 돌아서서 앞을 향해 돌진하며 도망칠 준비가 되어 있어 보였다. 체구가 작은 그 남자는 막대기로 모닥불을 두드렸다. 그는 몇개의 감자와 양파를 굽고 있었다. 구워진 감자를 숯불 속에서 이리저리 살살 굴리고 있었다. 뜨거운 재를 뒤적이며 모닥불에게 잘 타고 있다고 칭찬을 하기도 하고 모닥불을 친구삼아 혼잣말을 하기도 했다. 그는 모닥불을 살피면서 쉬지 않고 혼자서 이야기를 하느라 마야가 가까이에서 몸을 구부리고 조심스럽게 바라보고 있는 것을 알아채지 못했다. 마티는 겁이 나서 바위와 바위가 맞닿은 곳에서 동굴을 엿보면서, 마야의 등을 가만히 바라보면서 지금 무엇을 하는 것이 옳은지 망설이고 있었다. 마티의 다리는 그곳에서 빨리 도망치자고 간청했지만 그의 마음은 마야에게 가서 함께 있어주어야 한다고 외쳤다. 마티의 다리와 마음이 다투는 동안 마티는 그곳에 촛대처럼 서 있었다. 그가 서 있는 바위에서 마야의 등까지는 아주 가까웠지만 마야와 그 남자 사이의 거리가 더 가까웠다. 동굴 입구까지의 거리도 마야가 있는 곳보다 조금 더 가까웠다.

갑자기 그 나이든 남자가 전혀 놀라는 기색 없이 편안한 미소를 지었다. 초대하지 않은 손님이 와 있는 것을 처음부터 알고 있었다는 듯 모닥불 쪽으로 자리를 내주며 예의바르게 손님을 맞았다.

"마야, 마티, 여기 앉을래? 여기 앉아서 쉬면서 잘 구워진 감자를 먹지 않을래? 이리 와서 앉아. 야채와 여러 종류의 과일, 버섯과 나무열매도 있어. 여기 앉아."

16

마티와 마야는 깜짝 놀랐다. 그 남자는 어른이 아니라 아이였다. 처음 보는 사람이 아니라 바로 니미였다. 마을 사람들은 모두 그를 망아지 니미라고 불렀다. 니미는 항상 코를 흘렸고 사람들에게 그의 꿈이야기를 해주겠다고 고집을 부렸다. 한밤중에 집에서 신는 실내화가 고슴도치 부부로 변하고 고무호스가 뱀이나 코끼리 코로 변한다고 하면 모두들 그를 비웃었다. 니미는 언젠가 한번 혼자서 숲으로 들어간 적이 있었는데 그곳에서 무엇을 보고 놀랐는지 아니면 충격을 받았는지 소리지르는 병에 걸리고 말았다. 그 병 때문에 그는 완전히 말문을 닫았고 마을 골목을 돌아다니면서 소리를 질렀다. 그는 앞니가 툭 튀어나오고 잇새가 벌어져 있었다. 한쪽 눈은 항상 충혈되어 있었고 밤이나 낮이나 여름이나 겨울이나 집도 없고 친한 사람도 없이 어슬렁거리며 헤매다녔다. 마티와 마야도 도와줄 수 없을 정도였다.

그런데 이곳 동굴에서 마티와 마야가 니미를 발견한 것이다. 니미는 소리를 지르지도 않고 그들을 보고 도망치지도 않고 나무를 타고 올라가지도 않았다. 나뭇가지 높은 곳에 올라가 이상하게 경련을 일으키지도 않았다. 니미는 마티와 마야의 어깨에 손을 얹으며 이야기를 했다. 붉게 충혈된 눈으로 귀엽게 눈웃음을 지으면서 감자와 양파를 함께 먹자고 했다.

그들 셋은 배부르게 먹고 나서 모닥불 주변에 모여앉아 쉬면서 이야기를 나누었다. 그들은 니미가 소리지르는 병에 걸린 것이 아니라 병에 걸린 것처럼 행동했다는 것을 알게 되었다. 니미는 사람들이 놀리거나 괴롭히는 것이 지겨워서 혼자서 자유롭게 살아가기로 결심을 한 것이었다. 부모 없이 이웃 없이 학교 친구들 없이 화나게 하는 사람 없이, 마을이나 이 세상 어느 누구도 그에게 하루종일 이건 해도 되고 이건 해서는 안된다는 말을 하지 않도록, 혼자 살아가기로 선택한 것이다. 편하고 자유롭게 살기 위해서. 그래, 맞아. 앞니는 삐뚤빼뚤 뻐드렁니에 잇새가 넓게 벌어져 있지만 니미는 그렇게 우스꽝스러운 모습과는 달리 제대로 생각할 줄 아는 머리가 있었구나. 그를 놀리던 독버섯 같은 아이들과는 다른 거야. 가끔씩 그가 소리를 지르며 마을 앞마당, 뒷마당을 지나다니면 그에게서 병이 옮을까봐 모두들 겁을 내며 그 앞에서 꽁무니를 빼고 도망쳤다. 하지만 이곳 그가 살고 있는 동굴의 뒷마당은 그가 주워온 여러가지 물건들로 가득했다. 책, 잼 담는 병, 밧줄, 갓 구운 빵, 식기, 잡지, 베개, 양초, 과일과 야채, 빨랫줄에서 걷어온 옷가지들이 있었다. 이부 알몬은 니미에게 밤에 그의 밭에 와서 감자를 캐고 필요할 때마다 과일을 따고 야채를 가져가도 좋다고 허락했다고 한다.

"어떻게 너는 숲을 무서워하지 않니? 네히가 무섭지 않니?"

니미는 이렇게 대답했다.

"아니야, 나도 무서워. 나도 가끔 무서울 때가 있어. 특히 밤이 무서워. 네히는 무섭지 않아. 사실은 동굴에 있을 때보다 나를 미워하는 아이들 속에 있을 때, 그 아이들이 내게 소리를 지르고 돌과 기왓장을 던질 때가 더 무서워. 어른들이 내게 손가락질 하면서 저기 좀 봐, 저기 소리지르는 병에 걸린 불쌍한 아이가 오네, 정말 안됐어, 하고 말하면서 항상 어린아이들에게 내 곁에 가까이 가지 말라고 주의를 주지. 난 그게 두렵고 무서워."

"니미야, 숲속에서 동물 본 적 있니? 없어? 네히는? 네히는 본 적 있어? 니미야, 그런데 소리지르는 병이라는 게 정말 있는 거니?"

니미는 대답 대신 자리에서 일어나 기지개를 켜더니 손바닥을 펴서 흔들었다. 코를 들이마시고 삐뚤빼뚤한 이를 드러내며 벌건 눈으로 마티와 마야를 바라보고 미소를 지었다. 니미는 팔짝 뛰어 마티와 마야 사이를 지나 동굴 입구를 가까스로 통과했다. 그러더니 갑자기 동굴 속으로 얼굴을 들이밀고 큰 목소리로 망아지 소리를 냈다. 그 소리는 매우 길고 파동이 강했다. 그 소리는 절망적이면서 거만하고 자극적이었다. 그 소리는 동굴을 뚫고 나가 굵은 나무 사이를 지나 전속력으로 숲으로 달려나갔다. 니미는 고음을 내며 멀어져갔다. 숲 깊은 곳으로 빨려들어갈 때까지 그의 목소리가 차츰 약하게 들려왔다.

니미의 동굴에 있던 모닥불을 끄고 나서 마티와 마야는 산으로 올라가는 작은 길을 따라가기로 했다. 길은 점점 더 가파르고 꼬불꼬불해졌다. 울창한 수풀 속으로 난 좁고 어두운 통로와 비슷했다. 작은 오솔길도 없었고 여러 갈래의 산길도 보이지 않았다. 비좁고 어두운 미로만 있었는데 울창한 수풀 그림자가 짙게 드리워져 있었다. 숲의 색깔은 초록보다는 검정에 더 가까웠다. 수풀 속에는 가시가 돋아 찌르는 식물, 타들어가는 식물, 독뱀처럼 살을 깨무는 식물이 있었다.

마티와 마야는 강에서 멀리 벗어나지 않기 위해 노력하면서 쉬지 않고 걸었다. 앞으로 나아가기 위해 둘이 꼭 붙어서 꼬불꼬불한 길을 지나가기도 했다. 몇군데 절벽에는 두 바위벽 사이로 물이 흘러내렸다. 그런 곳은 전혀 예상치 못한 곳이라서 지나가기가 정말 힘들었다. 강물 흐르는 소리를 들으며 마야와 마티는 산으로 올라갔다. 강물소리는 산 위로 올라가는 길을 알려주는 길잡이 역할을 했다. 강물은 한순간도 쉬지 않고 큰소리로 이야기를 하는 다혈질의 선생님과 같았다. 강물은 가끔 자갈밭의 돌과 돌 사이를 흘러내려가면서 이 가는 소리를 냈고 절벽의 두 벽 사이를 지날 땐 으르렁거리기도 했다. 강물은 폭포의 흰 거품에 둘러싸여 포효하며 거세게 흘러내렸다. 몇시간 후 그들은 강물을 놓쳐버렸다. 멀리서 들려오는 메아리 소리를 통해서도 시끄럽게 흘러내리는 강물소리는 들려오지 않았다. 강물소리 대신 숲의 비밀스러운 곳에서 삐걱거리는 소리, 끙끙대는 소리, 무엇인가가 신음하는 소리가 약하게 울려퍼졌다. 보이지는 않지만 숨을 들이쉬고 내쉬며 속삭이는 그 무언가가 무척 가까이 있다는 것을 느낄 수 있었다. 또다른 무언가는 그들로부터 멀리 떨어진 곳에서 숨이 막힐 것처럼 기침을 해댔다. 그리고 또다른 것은 고집스럽게 톱질을 하거나 이를 세게 갈다가 지치면 잠시 쉬었다가 다시 갈았다.

마야와 마티의 느낌으로는 곧 어둠이 내릴 것 같았다. 그들은 아침이 올 때까지 기다릴 수 있을 만한 동굴을 찾을 생각이었다. 그들은 어떻게 나무의 꼭대기 부분은 아직도 해를 받고 있는지 궁금했다.

마티는 잠시 멈춰서서 공기를 들이마시고 나서 옷에 붙은 뻣뻣한 가시와 도깨비바늘을 떼어냈다. 마야는 항상 몇 걸음씩 앞서 걸어가다가 멈춰서서 마티를 기다려주었다. 그녀는 해가 있을 때 힘을 내서 산정상으로 서둘러 올라가자고 제안했다. 마야는 마티의 의견을 묻지 않았다. 물어보나마나 대답은 뻔하기 때문이었다.

사실 마티는 마음속으로는 집에 돌아가고 싶었지만 마야가 먼저 탐험을 그만두고 집으로 돌아가자는 제안을 해주길

은근히 기다리고 있었다. 그래서 이렇게 물었다.

"마야, 네 생각은 어때?"

마야가 대답했다.

"너는 어떤데?"

그는 잠시 뭐라고 대답할지 망설였다. 마티는 중세시대 기사처럼 씩씩하게 말했다.

"네 뜻을 따르겠다고 결정했어."

마야가 말했다.

"니미가 지펴놓은 모닥불 옆에서 밥을 잘 먹었는데 난 지금 또 배가 고프고 피곤해."

마티가 말했다.

"그럼 지금 돌아갈까?"

마야가 대답했다.

"글쎄, 그런데 집으로 돌아가고 싶은 건 아냐. 니미의 동굴로 돌아가서 아침까지 그곳에 있다가 아침에 다시 산을 오르도록 하자."

그렇게 둘은 산을 내려갔다. 마티는 이번에는 미리 돌아갈 길을 생각하며 수풀을 헤치고 길을 만들어 갔다. 그런데 어찌된 일인지 수풀은 가면 갈수록 더 울창해졌다. 수풀을 헤치고 나가는 그들에게 노만 쥐여주면 마치 거친 파도 사이에서 노를 젓는 지친 사람들처럼 보일 것 같았다. 숲속 식물들은 점점 더 한데 얽혀 빽빽해져갔다. 그들은 자신들이 산을 내려가고 있는 게 아니라 아주 꼬불꼬불한 숲속 오솔길을 따라 산을 올라가고 있다는 것을 알게 되었다. 그들은 낮의 해가 지고 어둠이 멀지 않다는 것을 알았다. 이미 니미의 동굴은 어디 있는지 찾을 수 없게 되었다.

갑자기 주위에 싸늘한 적막감이 감돌더니 그들 머리 위로 짧고 진한 그림자가 지나갔다. 그림자는 나무 꼭대기에서 항해하듯 날아다니다가 나무를 건드릴 뻔했다. 그림자가 하늘에 멈추자 순간 수풀 전체가 어두워졌다. 몇분이 지나자 그림자는 소리없이 멀어져갔다. 시간이 흐르면서 검은색의 무거운 담요가 모든 것을 뒤덮고 있는 것 같았다. 마티와 마야는 마음속으로 몹시 두려웠다. 그러나 그들은 그것에 대해 한마디도 하지 않았다. 서로 입을 떼지 않고 계속 산을 올라갔다.

산등성이에 도착하자 그들은 그곳에서 휴식을 취하며 계획을 세우기로 결정했다. 멀리서 강물소리가 들려오는 것 같아서 마야는 잠시 정면을 살폈다. 그동안 마티는 산등성이에 있는 두 개의 바위 사이로 몸을 구부려 작은 돌을 살펴보았다. 뒤틀린 돌의 모양을 보고 마티는 달팽이 그림을 떠올렸다. 달팽이 화석일 수도 있다는 생각이 들었다. 마야는 산등성이 위로 조금 더 올라가 강물 흐르는 소리에 귀를 기울였다. 마티가 마야를 찾았을 때 마야는 보이지 않았다. 마야의 발소리도 들리지 않았다. 마야도 마찬가지였다. 마야가 뒤를 돌아보았을 때 마티는 보이지 않았다. 마티는 나무 사이로 사라져버리고 없었다. 마야는 마티를 큰소리로 부르는 것이 두려웠다. 숲에는 그들만 있는 것이 아니라 숲 깊은 곳 어딘가에서 누군가 그들을 기다리고 있다는 것을 알고 있었기 때문에 마티와 마야는 서로 목소리를 크게 내서는 안된다고 생각했다. 그것이 그들 머리 위 하늘에 떠 있을지도 모르기 때문이다. 그것은 생명이 없는 것처럼 움직이지 않고 끊임없이 그들을 지켜보고 있는지도 모른다. 깊은 적막 속에서 마티는 무엇인가가 내려와 모든 것을 내리누르는 것 같은 느낌을 받았다. 놀라서 쿵쿵 뛰는 자신의 심장소리를, 자신만이 아니라 그림자들 사이에 서 있는 그 무엇인가도 계속해서 그를 지켜보며 듣고 있는 것 같았다. 마티는 달팽이 모양의 나선형 돌을 바위 위에 내려놓고 눈을 들어 마야를 찾아보았지만 마야는 보이지 않았다. 그는 자신이 벗어놓은 신발 옆에 있는 또다른 달팽이 형상의 돌이 있는 곳으로 기어가서 바위를 살펴보았다. 그 바위는 화석이 아니

76

었다. 마티가 마야를 찾으러 이곳저곳을 돌아다니다가 바위 있는 곳으로 돌아와 보니 그곳에는 아예 처음부터 아무것도 없었던 것처럼 모든 것이 사라지고 없었다. 바위의 갈라진 틈이 모든 것을 삼켜버린 것이었다.

17

망설임 끝에 마티는 커다란 손도끼 모양의 바위 아래 앉아 마야를 기다리는 것이 더 나을 것 같다는 결론을 내렸다. 마야를 찾으러 가면 어떻게 될까? 마티가 마야를 찾아나선 그 시간에 마야가 다른 길을 통해 이곳으로 돌아오는 건 아닐까? 이곳에서 마야가 마티를 만나지 못하면 그를 찾아 다시 배회할 것이고 그들은 숲에서 서로를 찾아다니다가 길을 잃을 수도 있다. 마티는 손도끼 모양의 바위에 등을 기대고 앉아 신경을 곤두세우고 바스락거리는 소리와 희미하게 나는 소리를 듣기 위해 노력했다.

이곳에서, 이 높은 곳에서 바라다보이는 넓은 숲에는 거대하고 진한 커튼이 쳐진 것 같았다. 숲 전체는 환한 빛을 띠는 초록색 얼룩과 점, 회색빛이 도는 초록, 노르스름한 초록, 어두운 초록이 섞여 짜여진 것 같아 보였는데 가까이 다가갈수록 검은색에 가까웠다. 마티의 머릿속으로 채소밭과 허수아비가 스쳐지나갔다. 어부 알몬이 한숨을 지으며 천천히 걸어가는 모습도 떠올랐다. 그는 다리를 절룩거리며 밭을 지나 밖에 놓아둔 그의 탁자 쪽으로 간다. 알몬은 기르던 개 지토와 물고기, 젊은시절의 모험, 심지어는 자신의 방 장롱 안에서 밤새도록 사각사각 나무를 갉아대던 벌레까지도 그리워하고 있다. 분명히 그는 지금 허수아비를 꾸짖거나 걸어가면서 허수아비와 말씨름을 벌이고 있을 게 뻔하다. 그는 질문에 맞는 대답을 하지 않고 숱 많은 턱수염 속으로 언제나 같은 내용의 대답을 중얼거렸다.

폐허에서 멀지 않은 곳, 그녀의 오두막집 뒷마당에 혼자 서서 임마누엘라 선생님은 빨랫줄에 빨래를 널고 계신다. 선생님은 젊진 않지만 아직도 마을에 있는 미혼남자들, 결혼한 남자들, 젊은 남자들, 나이든 남자들의 마음을 사로잡기 위해 노력한다. 마을 남자들 중 선생님에게 관심을 가지는 사람은 단 한명도 없다. 마티도 가끔 선생님께 흉한 별명을 붙여 부르곤 했는데 지금은 후회가 된다. 임마누엘라 선생님의 절망감과 외로움이 마티의 마음을 꼬집듯 슬프고 아팠다.

마티는 부모님의 집 아래쪽 골목길을 생각하면서 지붕 고치는 다니르와 그의 두 친구들이 지붕에 올라가서 기와를 정리하고 고치는 모습을 떠올렸다. 그들은 손에 든 망치를 박자를 맞춰 두드리며 흥겨운 곡조로 연주를 한다.

마티는 재봉사 솔리나의 모습도 떠올렸다. 그녀는 유모차에 타고 있는 장애인 남편과 산책하는 도중 길에 멈춰서서 몸을 구부려 남편의 젖은 기저귀를 갈아주거나 흘러내린 담요를 다시 덮어준다. 지금쯤 희끗희끗 숱이 없는 남편의 머리카락을 쓸어올려주고 있을지 모른다. 가슴 아프게도 기놈은 기억상실증이 심해서 자신을 새끼양이라고 생각하고 있는 것 같다. 그는 가는 목소리로 양처럼 매애 하고 운다. 그는 솔리나를 젖을 주는 엄마양이라고 생각하고 있다.

마티가 앉아서 마을 사람들의 삶에 대해 이런저런 기억을 떠올리는 바로 이 순간 마야의 엄마인 제빵사 릴리아는 빵집에서 내려와 마을 광장에 하나뿐인 식료품점으로 향한다. 그곳에서 릴리아는 유모차에 남편을 태우고 산책을 나온 솔리나를 만날지 모른다. 언제나처럼 릴리아는 길에 멈춰서서 잠깐동안 솔리나와 몇마디 이야기를 나눈다. 솔리나에게 마야처럼 버릇없고 고집쟁이인 딸을 기르는 게 얼마나 힘이 드는지 이야기한다. 딸의 모든 문제는 너무 강하고 까다로운 성격 때문이라고 한다.

"마야는 엄마인 저나 다른 사람들보다 훨씬 많은 것을 알고 있어요. 그래서 자기 뜻에 맞게 항상 모든 것이 정확하고 완벽하길 원하지요."

릴리아는 앞치마의 먼지를 털고 난 후 미안하다고 사과한다. 그녀는 미안하다는 말을 할 필요가 없어도 항상 사람들에게 머리를 조아리며 용서를 구한다. 릴리아는 솔리나, 기놈과 헤어지고 빵을 실은 작고 낡은 손수레를 비탈길 아래로 밀면서 내려간다. 그 손수레는 오래전부터 바퀴축에 기름칠을 하거나 바퀴를 통째로 바꿔야 할 것처럼 보였다. 마티는 며칠 내로 내가 가서 직접 바퀴에 기름칠을 해드려야겠다고 생각했다.

다른 사람들이 뭐라고 하면 어때? 말하려면 하라지. 내일까지라도 놀려대라지. 마야와 나는 그들이 꿈에서도 보지 못한 것들을 봤는걸. 우리가 마을로 돌아가면 마을 사람들이 이제껏 모르고 있던 것들을 모두 이야기해줘야지. 아니야, 우리만 아는 비밀로 간직할 거야. 니미가 자유롭게 살기 위해 일부러 소리지르는 병에 걸린 것처럼 행동하듯, 마을 사람들도 모두 알고 있는데 모르는 척하고 있는 건 아닐까?

숲에서 안전하게 집으로 돌아가지 못하게 될 수도 있다. 저녁이 되어 해가 져서 어두울 때가 되었는데 어찌된 일인지 온 세상에 어둠이 오는 시간이 미뤄지고 있는 것 같았다. 마치 어둠에게 마법을 건 것처럼.

'마야가 벌써 멀리 가버렸으면 어쩌지?'

'마야가 혹시 길을 잘못 든 건 아닐까?'

'우리 둘 다 숲속 수풀의 그물에 걸려 곤경에 처한 건 아닐까?'

'밤이 될 때까지 대체 시간이 얼마나 남아 있는 걸까?'

'집에서는 아직 우리 걱정을 하지 않으실까? 조금 있으면 걱정을 하실 텐데.'

마티는 높은 곳에서 마을을 내려다보며 공상과 생각에 빠져 오랫동안 앉아 있었다. 사실은 순간순간 머리카락이 쭈뼛쭈뼛 서고 소름이 오싹 끼치는 공포심을 용기를 내어 가까스로 밀어내고 있었다. 그런데도 마야는 돌아오지 않았다. 그녀에게서 어떤 신호도 오지 않았다. 마티는 점점 마야에게 화가 났다. 대체 어디로 사라진 거야? 혼자서 산을 내려가서 마을로 돌아간 걸까? 밤이 오기 전에 빨리 이곳을 떠나 나 혼자 집으로 가버릴까?

바람과 적막, 키 큰 나무의 잎사귀 흔들리는 소리가 무섭게 느껴져서 마야에 대한 화는 저절로 풀어졌다. 공기중에서 오후가 끝나고 저녁이 시작되는 냄새를 맡을 수 있었다. 저녁 바람이 불어오면서 숲에 있는 나무의 무성한 잎사귀들이 더불어 속삭이기 시작했다. 바람은 앞뒤로 살랑살랑 불면서 침엽수림 사이에서 소곤거렸다.

마티는 갑자기 자리에서 일어나 산 아래, 집을 향해 전속력으로 달리기 시작했다. 순간 저 멀리서 찢어지는 듯한 개 짖는 소리가 다시 들려오는 것 같았다. 높은 산, 우거진 숲속, 멀리 떨어진 곳에서 마야가 그를 부르는 소리가 계속 희미하게 들려왔다. 마 — 티, 이리 와. 여기야, 마티. 이리로 와. 도움을 청하는 마야의 목소리를 무시할 것인지 아니면 용감하게 자리에서 일어나 산 위로 올라갈 것인지, 그는 이 두 가지 중 어떤 것이 더 두려운지 잘 알 수 없었다. 어쩌면 그 목소리는 그를 위험한 덫에 빠뜨리기 위해 유혹하는 속임수일 수도 있다. 그 목소리는 산 높은 곳에서 들려오는 것이 아니라 두려움과 절망감에 빠진 나머지 마음과 정신이 무거운 신발에 짓밟힌 것 같은 상황에서 자신의 머릿속에서만 들리는 소리일 수도 있다.

18

결국 마티는 자리를 털고 일어나 바위를 타고 오르기 시
작했다. 그를 둘러싸고 있는 숲의 나무들은 갈수록 색이 짙
어졌다. 산 위로 올라갈수록 더욱 빽빽해져서 숲을 압축해
놓은 것 같았다. 그의 길을 막기라도 하듯 나무 한그루 한그
루가 하나로 얽혀 있었다. 얽힌 나뭇가지 사이로 갑자기 작
은 길이 나타나거나 숲속에 뚜렷하지 않게 윤곽만 보이는
작은 길이 드러나기도 했다. 그 길은 오르막길을 구불구불
돌아서 검은 수풀이 우거진 산비탈길에 연결되어 있었다.
그 작은 산길을 힘들고 어렵게 기어오르고 또 올라가자 산

정상 한쪽에 닿았다.

　해가 산등성이로 내려오면서 숲 가장 높은 곳의 하늘은 큰불이 난 것처럼 불그스름하게 물들기 시작했다. 조금 뒤 와인빛을 띠다가 시간이 조금 더 흐르자 숲은 붉은빛으로 타올랐다. 오래지 않아 온 하늘과 땅에 희미한 회색빛 막이 내려올 것이다.

　마티는 돌로 만들어진 회색 벽을 발견했는데 그곳에는 나무의 굵은 밑동과 줄기로 만든 문이 나 있었다. 벽과 문 위로 맑은 구름이 뭉게뭉게 떠 있었다. 그곳에서 이상한 소리가 들렸다. 높은 소리, 날카로운 소리, 깊으면서도 희미한 소리, 눈송이처럼 포근하고 편안한 소리, 휘파람 소리, 귀뚜라미 울음소리, 숨이 차서 헉헉대는 소리, 삐걱거리는 소리, 어르고 달래는 소리, 마티가 이제껏 살아오면서 한번도 들어보지 못한 소리도 들렸다. 그 소리 속에는 그가 알고 있는 동물들과 닭 울음소리도 섞여 있었다. 소가 음매 하는 소리와 함께 낮게 으르렁거리는 소리도 들렸고 벌들이 윙윙대고 새들이 기쁨에 차 짹짹거리며 노래부르는 소리가 즐겁게 들렸다. 이 모든 소리 속에서 마야의 목소리도 들려왔다. 기쁨이 넘치는 맑은 목소리였다.

　"너 거기 서서 뭐해? 마티, 얼른 문 열고 들어와."

19

마티는 문 앞에 서서 어떻게 해야 할지 곰곰이 생각했다. 그는 이곳에 와본 적이 있는 것 같은 느낌이 들었다. 머릿속이 이상하게 답답하고 혼란스러웠다. 한번이 아니라 그보다 많이 왔던 것 같았다. 그는 문 앞에 박힌 듯 서 있었다. 도망치는 게 좋을지 문 안으로 들어가는 것이 좋을지 망설이는 이 상황도 처음 겪는 게 아닌 것 같았다. 마음을 결정하고 안으로 들어가서 그 안에 있는 것들을 봤던 것 같기도 했다. 마티가 있는 힘을 다해 노력한다면 잊고 있던 모든 것을 다시 떠올리게 될지도 모른다. 어쩌면 그가 몰랐던 것, 이제껏 한번도 보지 못한 것들에 대한 기억을 되살리게 될지도 모른다.

마티는 그 문을 다시 바라보았다. 문은 완전히 닫혀 있지는 않았다. 기억해낼 것도 없이 문은 지난번에도 이 상태와 같았다. 항상 이대로였다. 양쪽 문 사이로 좁게 갈라진 틈이 그대로 남아 있었다. 세게 밀고 안으로 들어가서 마야를 구해내야 하나?

이 주변을 돌다가 도망치는 것이 더 안전하지 않을까? 온 힘을 다해 산 아래로 달려내려가 뒤돌아보지 말고 집으로 달려갈까? 달려가서 부모님께, 임마누엘라 선생님께, 지붕 고치는 다니르에게, 마을 수비대에게 이야기해서 철저하게 준비를 갖추고 빨리 마야를 구하러 가자고 해야 할까? 흉악한 마법에 걸린 네히의 궁전이 산에 있는데 마야는 이미 잡혀서 희망을 잃은 채 궁전 벽 속에 갇혀 있을 것이다. 너 혼자서는 마야를 구할 수 없어. 지금 여기서 도망치지 않으면 너도 틀림없이 위험에 처하게 될 거야. 지금 산 아래로, 집으로, 다리에 남아 있는 힘을 다해 달려내려가지 않으면 너는 어둠속 산귀신 네히의 요새 성문 앞에 빈손으로 혼자 서있게 될 거야. 그런 생각이 머릿속을 떠나지 않았다. 저녁 해가 뉘엿뉘엿 성벽 위로 내려오기 시작했다.

마티가 뒤돌아서서 산을 내려가는 작은 길로 도망치려는 순간 마야의 목소리가 그를 불러세웠다. 마야는 문을 열고 나와 두 팔로 마티를 껴안았다. 둘의 가슴 사이에서 뭔가 둥글둥글한 회색빛의 이상한 덩어리가 느껴졌다. 마야는 이리로 오라고 조용히 말했다.

　"마티, 무서워하지 말고 이리 와. 이리 와서 살펴봐. 보면 놀랄 거야. 내 뒤에 따라와. 마티, 이리 와. 마티야, 무서워하지 말고 이리 와서 이곳이 얼마나 좋은지 봐."

20

마티가 그녀에게 다가가자 살아 있는 고양이가 눈에 띄었다. 마티와 마야가 서로 껴안았을 때 느낀 이상한 물체는 바로 그 고양이였다. 그건 고양이 그림도, 장난감도, 인형도 아닌 사랑스럽고 부드러운 살아 있는 고양이였다. 고양이는 부끄러워하며 둥근 두 눈으로 마티를 뚫어지게 쳐다보았다. 귀는 호기심으로 가득 차서 마티를 향해 있었고 코와 수염은 조금씩 떨리기 시작했다. 고양이가 아니라 존경받는 훌륭한 철학자 같았다. 철학자는 마티를 보며 그가 누구인가라는 과제를 풀기 위해 집중하는 것 같았다. 왜 온 거지? 뭘

가지고 왔을까? 알려지지 않은 문밖의 세상에서는 대체 무슨 일이 일어나고 있는 걸까? 마티는 놀라서 뒷걸음질을 쳤다. 고양이의 몸이 부풀었다가 줄어들었다가 다시 부풀더니 약간 줄어들었기 때문이다. 고양이의 몸이 쉬지 않고 변하는 것이 놀랍고 이상했다. 마티는 지금까지 한번도 동물들이 숨쉬는 것을 본 적도 없고 상상해본 적도 없었다. 고양이는 우리들처럼 가슴으로 공기를 들이마시고 내쉬고 다시 들이마시고 있었다.

마야는 놀란 마티를 그대로 두지 않았다. 마티의 손을 잡고 그의 놀란 손가락을 꼭 붙들어 부드러운 고양이 털 속에 집어넣었다. 마티가 손가락의 긴장을 풀고 손으로 고양이의 털을 쓰다듬을 때까지, 그의 팔과 어깨, 온몸이 편안해질 때까지. 마티는 갑자기 고양이의 털을 만지는 것이 기분좋게 느껴졌다. 마야의 손가락도 기분좋게 느껴졌다. 마야는 마티의 손을 잡고 벨벳처럼 푹신한 고양이의 등을 위에서 아래로 쓸어내렸다. 마야의 손가락을 통해 가벼운 떨림이 그에게 전해졌다. 따뜻한 떨림이 그녀의 손바닥에서 그의 손등과 손 전체로 기분좋게 지나가면서 고양이의 털을 떨리게 했다. 고양이의 둥근 눈은 놀라움으로 가득 차 있었지만 눈동자와 얼굴은 천진난만해 보였다. 조금 후에 고양이는 스르르 눈을 감았다. 마티도 잠깐 눈을 감았다. 그의 손가락 끝이 가볍게 떨리면서 소름이 돋자 새끼고양이의 몸도 살며시 떨렸다. 그 떨림은 고양이를 즐겁게 해주었다. 고양이는 볼과 이마를 앞으로 내밀고 앞발로 반복해서 자신의 몸을 문지르고 비벼댔다. 새끼고양이의 눈이 떠지는 것 같더니 다시 스르르 감겼다. 고양이는 실눈을 뜨고 마티를 슬쩍 엿보면서 이렇게 말하는 것 같았다. 계속 나를 쓰다듬어주세요. 우리 서로 기분이 좋아지잖아요. 멈추지 말고 어루만져 주세요.

갑자기 고양이는 마티에게 윙크를 했다. 순식간이었지만 그건 분명 윙크였다. 윙크는 그들 둘만의 비밀이었다. 고양이는 자신의 부드러운 털이 마티의 손가락을 유혹해서 쓰다듬도록 한다는 것을 마티에게 알려주려는 것 같았다. 지금 마티의 손은 고양이의 털과 마야의 손가락 사이에 파묻혀 있어서 손을 잡고 있는 것이 즐겁기도 했지만 약간 어지럼증을 일으키기도 했다. 이런 즐거움은 처음 느껴보는 것이었다. 마야는 엉성하게 마티의 손등을 잡고 있고 고양이의 따뜻하고 부드러운 털은 이리저리 움직일 때마다 그의 손을 살짝살짝 건드렸다. 마티는 가벼운 전율을 느꼈다.

마티의 몸은 슬며시 긴장이 풀리면서 기쁨으로 가득 차

올랐다. 몸의 긴장이 풀리자 두려움도 사라졌다. 그는 이미 문 안으로 들어와 마당에 서 있었다. 그는 마당의 정원을 보면서 자신이 정말 문 안에 들어와 있다는 것을 알게 되었다. 산귀신 네히의 요새 안으로 들어온 것이다. 공포심과 불안감 대신 놀랍게도 호기심이 발동하기 시작했다. 그는 눈을 들어 정원의 모습을 살폈다.

21

정원은 눈을 즐겁게 해주었고 그를 구원해준다는 생각이 들게 했다. 정원 전체에 불이 켜져 있었고 다양한 색의 강렬한 빛줄기를 내뿜고 있었다. 빛줄기는 나무와 수풀 사이, 꽃밭과 연못 사이, 작은 시냇물 사이를 뚫고 나왔다. 바위의 갈라진 틈과 비밀스러운 계단 여기저기에서 세차게 퍼져나왔다. 마야는 네가 지금 짐작하고 있는 것처럼, 아니 내가 이곳에 들어올 때 추측했던 것처럼 이 빛줄기가 숨겨진 손전등에서 나오는 빛이 아니라고 했다. 스스로 멋진 빛을 내는 커다란 개똥벌레들이 돌아온 것도 아니라고 했다.

넓은 정원에는 과실수와 관상용 나무, 묘목 들이 심어져 있었고 수풀과 잔디밭도 보였다. 나무 밑 고사리밭과 꽃밭에서 새잎이 돋아나고 있었다. 오렌지색, 금색, 보라색, 빨간색, 노란색, 하늘색, 불그스레한 갈색, 분홍색, 주홍색으로 덮여 있었다. 마티는 눈을 들어 나무의 윗부분을 쳐다보았다. 그는 태어나서 처음으로 새들이 하모니를 이루어 지저귀는 소리를 들었다. 새들은 노래를 부르는 것 같았다. 새들은 갑자기 날개를 뒤로 젖히고 이쪽저쪽 나뭇가지를 사뿐사뿐 뛰어다니다가 높이 날아올랐다. 강물이 흘러내려가면서 고인 물웅덩이 중간중간에 물새들이 고요하게 서 있었다. 다리 한쪽은 물속에 넣은 채로 다른 한쪽은 접고 서 있었다. 분홍색 물새들은 잠시 물에 부리를 담그기도 했다.

마티는 가슴 깊이 안도감을 느꼈다. 이런 편안함은 이제껏 한번도 느껴보지 못한 것이었다. 숨어 있던 기억, 모든 기억 속에 파묻혀 있던 기억, 강보에 싸인 아기였을 때의 평화로운 기억, 배불리 먹고 따스한 목소리로 자장가를 불러주는 엄마의 품에 안겨 스르르 눈이 감기며 잠이 들던 기억들이 희미하게 되살아났다. 이곳에 왔었던 게 아닐까? 태어나자마자 왔던 걸까? 아니면 태어나기 전에?

정원은 시야가 꽉 찰 정도로 드넓게 펼쳐져 있었다. 정원

은 비탈 아래까지 날아가듯 내려가 작은 숲과 과수원, 채소
밭에까지 닿아 있었다. 여기저기에 작은 시냇물이 흘러내려
은색 실로 수를 놓은 것 같았다. 셀 수 없이 많은 작은 벌레
와 파충류 들이 와글와글거리며 지그재그로 바쁘게 움직이
고 있었다. 가느다란 철사를 열십자로 촘촘히 짜서 만든 그
물을 넓은 정원 위에 정성스럽게 드리워놓은 것 같았다.

　이상한 뱀들, 다리가 많이 달린 구불구불한 뱀들이 풀 아
래로 기어갔다. 커다랗고 게으른 도마뱀은 눈을 뜨고 졸고
있었다. 목초지와 채소밭 한쪽에서는 흰 양들이 한가로이
풀을 뜯으며 어슬렁거렸고 기린과 들소, 노루와 토끼 들이
자유롭게 뛰어다니고 있었다. 경치를 구경하며 휴식을 취하
는 무리들도 있었다. 한떼의 게으른 늑대가 이곳저곳을 배
회하고 있었고 꼬리가 두툼한 곰과 여우 부부도 있었다. 털
이 성글성글 빠진 자칼이 갑자기 마야와 마티에게 다가와
날카로운 이를 번득이며 길고 빨간 혀를 내밀었다. 자칼은
뾰족한 머리를 마티의 무릎에 비벼대기 시작했다. 머리를
비빌 때마다 무엇인가를 애절하게 바라는 자칼의 슬픈 갈색
눈동자와 마티의 눈이 마주쳤다. 결국 마야가 알아듣고서
몸을 굽혀 머리를 쓰다듬으며 목덜미와 귀를 간질여주고 등
에서 꼬리까지 쓸어주었다.

조금 후 마티와 마야는 피곤해 보이는 표범 네다섯 마리가 둥글게 떼지어 모여 있는 곳을 지나갔다. 표범들은 풀밭에 엎드려 있었는데 연두색 눈동자는 지쳐 보였고 미동조차 하지 않았다. 머리를 앞발 위에 올려놓은 채 평온한 저녁시간을 만끽하고 있었다. 반쯤 잠이 든 표범을 보면서 마티는 늙은 어부 알몬을 떠올렸다. 알몬도 저녁시간에는 그의 정원에 있는 탁자 옆에 홀로 앉아 공책에 글을 쓰거나 피곤하면 공책 위에 팔을 올려놓고 엎드려 잠시 잠이 들곤 했다. 순간 쓸쓸한 그리움이 그를 스치고 지나갔다. 벤치에 앉아 알몬에게 이 모든 것을 이야기해주고 싶은 생각이 솟구쳤다. 하나하나 자세히 이야기해주고 싶었다. 그를 여기 높은 곳에 데려와서 그의 눈으로 이 모든 것을 직접 보게 해주고 싶었다. 그의 손으로 직접 느끼게 해주고 싶었다. 솔리나와 그의 아기 같은 남편도 데려오고 싶었다. 다니르와 지붕을 고치는 그의 두 친구, 그리고 니미도 데려오고 싶었다. 마을 사람들 모두에게, 그의 부모님께, 누나들에게, 임마누엘라 선생님께 보여드리고 싶었다. 그들이 이곳에 와서 정원을 보는 동안 마티 자신은 그들이 이곳에 처음 온 것인지 그들의 얼굴 표정을 살펴봐야겠다고 생각했다.

암소 한 마리가 천천히 그들 앞으로 다가오고 있었다. 품

종이 좋은 엄마소 같아 보였다. 중요한 건 흰색과 검은색 점이 있는 얼룩소라는 것이었다. 암소는 점잔을 빼며 졸고 있는 표범들 사이로 느릿느릿 무거운 발걸음을 옮겼다. 암소는 전혀, 조금도 놀라지 않았다는 표정으로 머리를 아래위로 서너 번 끄덕이며 지나갔다.

22

마야와 마티는 이 놀라운 광경을 커다란 두 눈 속에 담아
두었다. 그들은 마법에 걸린 듯 갑옷과 투구를 쓴 것처럼 보
이는 연못가의 악어로부터 눈을 떼지 못했다. 다람쥐, 원숭
이와 앵무새는 먹음직스러운 열매가 달린 나무와 멋진 나뭇
가지가 달린 나무 사이를 뱅글뱅글 돌며 왔다갔다했다. 훤
히 내다보이는 넓은 정원에서 참새들의 날갯짓 소리와 비둘
기가 시끄럽게 구구거리는 소리가 유쾌하게 들려왔다. 시냇
물 위에, 목초지 위에, 나무 꼭대기 위에 따뜻하고 깊은 평온
함이, 다른 세상의 평온함이 넓게 덮여 있었다.

왜 갑자기 이곳에 와본 적이 있다는 분명한 느낌이 드는 걸까? 그런 일은 있을 수 없는데 어찌된 일일까?

마야와 마티가 그다지 젊지 않은 한 남자를 발견하기 전까지 이 놀라운 정원에는 맑고 고요하고 완벽하게 편안한 저녁시간이 흐르고 있었다. 그는 키가 크지 않았고 등이 조금 굽어 있었다. 얼굴은 그을었고 바둑판무늬같이 복잡하고 이상한 주름이 깊게 패어 있었다. 머리카락은 거의 은발이고 어깨까지 내려와 있었다. 그는 거친 나뭇가지에 기대어 앉아 쉬고 있었다. 남자는 그들을 보자 입가에 엷은 미소를 지었다. 별다른 생각 없는 쓸쓸한 미소였다. 그의 생각의 절반은 이곳에, 나머지 절반은 다른 곳에 가 있는 것처럼 보였다. 남자의 어깨는 약간 뒤틀려 있어서 한쪽 어깨가 다른 쪽보다 약간 낮았다. 손가락은 길고 무거워 보였으며 마치 오랫동안 육체노동을 하고 나서 지친 것처럼 몸이 축 늘어져 있었다. 얼굴은 잘생긴 것은 아니지만 조심스러움과 쑥스러움으로 가득 차 있었다. 그를 이상스러워하거나 두려워하지 않는 마야와 마티를 편하게 여기는 것 같았다.

그는 그들 앞에서 약간 부끄러워했다. 그 수상한 남자는 그렇게 아무런 움직임 없이 그곳에 서 있었다. 그는 천천히 길게 숨을 내쉬면서 호기심 어린 눈빛으로 정원 이곳저곳을 살피는 두 아이를 마법에 걸린 듯 바라보았다. 그 남자는 은밀하고 교활한 미소를 지었는데 그의 미소는 입가에서가 아니라 눈가에서 시작되었다. 눈가의 미소는 얼굴 전체에 퍼지면서 주름살 자국이 길게 드러났다.

그는 아직도 그 자리에 서 있었다. 움직이지도 않았고 소리도 내지 않았다. 놀랍게도 그의 이마 한쪽 귀퉁이의 가느다란 동맥 하나가 떨리고 있었다. 조심스러운 새끼물고기가 물 아래서 씰룩씰룩 움직이는 것처럼 파르르 떨리고 있었다. 마야의 시선이 그에게 멈췄을 때 그녀는 깜짝 놀랐다. 그렇지만 그녀는 내색을 하지 않은 채 꾹 참고 몸을 조금 구부려 마티에게 속삭였다.

"마티, 조심해. 내 말 잘 들어. 어떤 일이 있어도 지금 저 남자 쪽을 바라봐서는 안돼. 그가 우리를 바라보고 있는데 위험해 보이지는 않지만 조금 이상해."

23

조금 이상해. 수상한 그 남자는 마야가 마티의 귀에 대고 속삭인 말을 소리내어 되뇌었다.

"오래전 내가 아직 아이였을 때 그들도 내게 그런 비슷한 말을 했었지. 저 사람은 조금 이상해. 그들은 그렇게 말했어. 사람들은 혐오스럽게 낄낄대고 입을 일그러뜨리면서 나를 경멸했지. 가끔은 이렇게 말하곤 했어. 저기 좀 보세요. 저기 그 바보가 와요. 이 일은 너희가 태어나기도 전에, 오래전에 일어났던 일이야. 네 부모들이 너희들만 했을 때 이야기지. 나도 무척이나 그들 속에 끼고 싶었어. 나도 그들이 되어보려고 계속 노력했지. 그들보다 더 나아지려고도 했어. 그런데 그런 노력을 하면 할수록 모욕감을 느꼈어."

그 이상한 남자는 그들 쪽으로 가까이 다가오다가 몇 발자국 떨어진 곳에 서더니 주춤거렸다. 그러고는 이내 마음을 바꿨는지 무화과나무 아래 멈춰섰다. 그들이 두려워하거나 공포에 떨지 않게 하려고 멈춘 것일 수도 있고 그 자신이 다가오는 게 힘들어서 멈춘 것일 수도 있었다. 아이들은 그의 눈앞에서 도망치려고 하지 않고 그 자리에 서서 그를 쳐다보고 있었고 서로의 간격을 좁혀 둘이 꼭 달라붙어 있었다. 그 남자는 시선을 아래로 떨어뜨려 잔디밭을 내려다보며 말했다.

"너희들이 이곳에 온 걸 환영한다."

그는 덧붙여 말했다.

"여기 레몬주스도 있고 눈 녹인 물도 있어. 마실래?"

마티가 나직이 말했다.

"조심해, 마야. 나무로 만든 그릇 만지지 마. 잘 모르잖아. 마시는 건 위험해."

그런데 마야는 나무로 만든 잔에 레몬주스를 붓고 눈녹인 물을 넣어 마시면서 웃었다. 주스를 마시고 나서 손등으로 입가를 닦으면서 마야가 남자에게 말했다.

"저는 마야예요. 이 아이는 마티구요. 마티는 당신이 마법사라고 무서워해요. 당신은 마법사인가요?"

마야가 마티를 보며 말했다.

"마티야, 너도 마셔. 이리 와서 너도 맛 좀 봐. 차고 맛있어. 이걸 마시고 소리지르는 병에 걸리지는 않을 테니 걱정하지 말고 무서워하지도 마. 여기 있는 모든 동물이 이 사람을 전혀 무서워하지 않는 걸 좀 봐."

마티는 아무 말도 하지 않았다. 마티는 마야의 팔을 잡아당겼다. 마야는 마티의 손을 빠르고 강하게 뿌리쳤다. 마야는 아무 말도 하지 않았다.

이상한 남자가 갑자기 몇마디 낮은 소리를 냈다. 말을 하는 것 같지는 않았는데 쥐어짜는 듯한 소리가 났다. 그 소리는 남자의 어깨 위, 마티와 마야의 어깨 위에서도 들려왔다. 그것은 흥분한 팔레스타인 태양조가 모여 합창을 하는 소리였다. 그 새들은 금빛에 연두색과 짙은 파란색이 섞여 있고 하늘색 점이 있었다. 새들이 남자와 손님들에게서 떠나자 이상한 그 남자는 예전에 마을에 어떤 일이 있었는지 이야기해주었다.

"내가 너희들 나이였을 때 항상 사람들은 내 앞에서 뒷걸음질을 쳤어. 반 아이들이나 친구들이 모여 있으면 그런 아이들이 한명쯤은 있잖아. 친구들 사이에서도 꼭 튀는 아이들 말이야. 고집이 세서 다른 아이들이 끌고 가야 하는 그런 아이들. 항상 일정한 거리를 두고 마지못해 다른 사람들의 뒤를 따라가는 거지. 나는 난처하고 부끄러웠어. 놀림감이 되는 것과 모욕감을 무시해버리고 그들에게 받아들여지고 그들에게 속하기를 간절히 바랐지. 그래서 어떤 일이든지 다 하겠다고 결심하고 그들이 시키는 대로 했지. 심지어는 그들을 웃기기 위해 바보처럼 행동하기도 했어. 어릿광대가 되기도 하고 그들이 놀리고 싶을 만큼 놀리도록 내버려두기도 했지. 학대를 당하기도 했지만 개의치 않았어. 나 자신을 아무런 대가 없이 내준 거지. 그런데 사람들은 자기들 앞에서 내가 빨리 없어져주기만을 바랐어. 그들과 맞지 않고 다르다고 꺼져주기만을 바란 거야."

마야가 말했다.

"우리도 그런 아이가 있어요. 니미라는 아이예요."

마티가 말했다.

"니미는 아니야. 그 아이는 소리지르는 병에 걸린 아이잖아. 그 병에 전염될까봐 사람들이 니미 가까이 가는 걸 위험하다고 생각하는 거지."

마티는 마야를 바라보며 조용히 말했다.

"마야, 조금 있으면 어두워질 거야. 여기서 빨리 빠져나가야 해."

마야가 말했다.

"빠져나간다구? 문도 열려 있고 아무도 우리를 가지 못하게 막는 사람은 없어. 바쁘면 너만 내려가. 난 여기 있을 거야. 아직 여기서 볼 게 많이 남아 있어."

남자가 말했다.

"둘 다 여기 이 돌 위에 앉아서 레몬주스 더 마셔. 무화과 주스와 눈을 섞은 물을 마셔도 좋고. 마티, 의심하지 마. 어둠이 다가오고 있지만 우리가 이야기를 계속 나누도록 오늘 저녁에는 어둠이 조금 늦게 내릴 거야. 그리고 이 두더지는 거의 귀머거리가 다 된 매우 늙은 두더지야. 얼굴을 보고 놀라지 마. 너희 냄새를 맡기 위해 땅속에서 올라왔으니까 그냥 가만히 있어도 돼. 정말 놀라울 정도로 귀와 발이 부드럽지. 분홍빛 코로 냄새를 맡으면서 심장은 빠르게 뛰고 있어. 너희 둘의 냄새는 이 두더지의 부모님이 태어나시기 전의 추억을 상기시켜줄 거야."

마티는 늙은 두더지를 보던 시선을 남자에게 옮겼다가 다시 두더지를 바라보았다. 또다시 희미한 기억의 그림자가 그를 스치고 지나갔다.

'맞아, 나는 여기 왔었어. 이 일들은 이미 나한테 일어났던 일이야. 여기서 있었던 걸 모두 잊었나봐. 그런데 나한테 어떤 일이 일어났었는지 도무지 생각이 나질 않아. 확실한 건 내가 기억하고 있던 일을 잊어버렸다는 거야. 이 남자는 무척 외로워 보여. 그냥 그런 생각이 드는 걸까? 혹시 덫을 놓아둔 건 아닐까?'

마티는 그의 얼굴 주름 위로 일종의 교활함이 번득이며 지나가는 것을 가까이에서 보면서 그가 자신에게 해를 끼칠지도 모른다는 생각이 들었다. 우리를 감옥에 가두려는 걸까? 영원히? 그 남자의 마디가 울퉁불퉁한 손가락은 거칠게 휘감은 뿌리가 약해지지 않으려 달라붙어 있는 것과 비슷해 보였다.

이 마법사는 우리 마을과 부모님에게 복수를 하기 위해 우리를 인질로 잡아두려는 음모를 꾸미고 있는 것은 아닐까? 아니면 그냥 우리를 붙들어두는 게 아니라 마법을 걸어서 동물로 만들려는 건 아닐까? 마티가 말했다.

"곧 어두워질 거야. 나는 집으로 갈래."

마야가 말했다.

"나는 가지 않을 거야. 나는 이야기를 더 들을 거야. 그리고 여길 더 둘러볼 테야."

24

 남자는 그의 나이가 열살 반이었을 때의 이야기를 그들에게 들려주었다. 또래 친구들과 어른들에 대해서도 이야기해주었다. 고양이, 개와 친하게 지내던 날들과 개, 고양이, 말의 언어를 이해하기 위해 혼자 공부한 이야기도 들려주었다.

 2,3주가 지나면서 마을 사람들은 이 불쌍한 아이가 소리지르는 병에 걸렸다는 것을 알게 되었고 모두 그의 곁에 가까이 가지 못하도록 주의를 주었다. 결국 그의 부모도 그를 포기했다. 마을 사람들은 그 가족을 부끄럽게 생각했고 가

족들도 그를 부끄러워했다. 그의 부모는 병이 전염되는 것을 막기 위해 형제들이 그에게 가까이 가는 것을 막았다. 그의 부모와 모든 어른들은 그가 혼자서 숲을 어슬렁거리고 다니는 것을 허락했다. 그는 냄새처럼 바람처럼 낮이나 밤이나 자유로웠다.

부숭부숭한 밤색 털을 가진 곰이 수풀을 헤치고 갑자기 앞으로 다가와서 무거워 보이는 머리를 남자의 손에 대고 비볐다. 곰은 호기심에 가득 차 어쩔 줄 모르는 눈으로 마야와 마티를 바라다보았다. 그들이 마음에 들어 친구가 되고 싶어하는 표정이었다. 곰은 약간 부끄러워하면서도 놀란 듯한 모습이었다. 곰은 이렇게 말하는 것 같았다.

'난 도무지 뭐가 뭔지 모르겠어요. 날 그렇게 쳐다보지 마세요. 난 그냥 곰이에요.'

곰은 어색하게 움직여서 넓은 등을 바닥에 대고 누웠다. 네 다리를 공중에서 버둥거리고 낮고 굵은 소리로 헛기침을 하면서 잔디밭에 털을 문질렀다.

마티는 서너 발자국 뒤로 물러서서 마야의 팔을 잡아당겼지만 마야는 마티의 팔을 뿌리치면서 그를 나무랐다.

"그만해, 마티. 날 좀 그냥 내버려둬. 집으로 도망치고 싶으면 가버려. 너를 가지 못하게 붙드는 사람은 여기 아무도 없어. 나는 이곳에 대해 좀더 알고 싶어. 여기 남을 거야."

남자가 말했다.

"마야, 마티, 이제 나도 내 소개를 할게. 나는 네히야. 내가 바로 그 산귀신이야. 마법사 말이야. 이 아이는 씨기야. 씨기는 무서워하지 않아도 돼. 씨기는 철없는 어린애 같은 곰이야. 이 곰은 빗속에서 갑자기 춤을 추기도 하고 짧은 꼬리로 파리를 쫓는가 하면 몇시간 동안 강가의 숲속에 숨거나 손으로 강물을 쳐서 물을 뿌리기도 해. 씨기, 그만해. 귀찮아. 지금 이야기중이잖아."

남자는 계속 자신의 이야기를 했다.

"나는 비둘기, 귀뚜라미, 개구리, 염소, 물고기, 꿀벌의 말도 배웠지. 몇달 동안 마을에서 사라져 혼자 숲에 가서 살았어. 그곳에서 동물들의 말을 배우려고 노력하고 또 노력했지. 동물들의 말을 배우는 것은 그렇게 어렵진 않았어. 그들의 언어는 인간의 언어에 비해 단어도 훨씬 적고 시제도 현재형뿐이야. 과거나 미래형이 전혀 없고 동사와 명사, 감탄사만 있고 다른 형태는 없어.

오랫동안 동물들과 지내면서 알게 된 건데 동물도 가끔씩 거짓말을 해. 위험을 모면하려고, 뽐내려고, 좋은 인상을 주려고, 또는 먹이를 나르려고, 겁주려고, 현혹시키려고, 여기저기 돌아다니려고 거짓말을 해, 우리 인간처럼. 동물들도 특별한 단어로 그들 삶의 기쁨과 열정, 놀라움을 표현해. 나비, 나방, 물고기, 민달팽이 들은 소리로 말을 전하지는 못하지만 그들만의 특별한 언어로 표현을 하지. 여러 형태의 작은 떨림이 있는데 그 떨림은 상대의 피부, 털, 깃털을 통해 전해져. 작은 떨림이란 호수가 잔잔하고 조용할 때 나뭇잎이 한장 떨어지면서 퍼지는 잔물결 같은 거야.

어떤 동물들에게는 기도문 같은 단어도 있어. 햇빛에게 감사하는 단어도 있고 바람, 안개, 식물, 빛, 따스함, 먹이, 냄새와 물에게 고마움을 전하는 특별한 단어도 있지. 그렇지만 그들의 말에는 놀리거나 모욕을 주는 단어는 전혀 없어. 마티, 마야, 너희들이 원한다면……"

그 남자는 무겁고 피곤한 그의 두 손을 작은 염소의 등에 얹었다. 염소는 곰 씨기의 밤색 가슴털 속에 안겨 쉬고 있었다.

"너희가 원한다면 동물들의 말을 가르쳐줄게. 너희보다 먼저 우리가 있는 이곳을 찾아낸 니미에게도 가르쳐준 것처럼. 코흘리개 니미를 산아래 마을에서는 소리지르는 병에 걸린 환자라고 부르잖아. 마티, 마야, 소리지르는 병이라는 건 없다는 걸 너희는 이미 마음속으로 알고 있었지? 소리지르는 병이라는 건 그의 곁에 가까이 가지 못하게 하려고 만들어낸 거야. 그를 외롭게 하려고 만들어낸 거지. 이제부터 너희 둘은 우리가 살고 있는 이곳 산에 온 나와 동물들의 손님이야."

남자는 잠시 말을 멈추고는 자신의 뒤를 따라오라고 조용히 말했다. 그의 목소리는 조용하면서도 힘이 있어서 거절할 수가 없었다. 그는 그들이 따라오는 것을 기다려주지도 않고 조용히 집 쪽으로 발걸음을 옮겼다. 그는 뒤를 돌아보지는 않았지만 걸어가면서 계속 이야기를 했다. 오래전 학교에 다닐 때 같은 반 여학생이던 임마누엘라를 좋아했다는 이야기였다. 그는 그녀에게 좋아한다는 말을 하지 못했고 다른 사람에게 사랑의 비밀을 이야기해본 적도 없다고 했다. 사람들이 그가 짝사랑한다는 걸 알면 그를 놀리고 더욱 경멸하고 무시할까봐 두려웠기 때문이다. 마티와 마야, 곰 씨기와 작은 염소 씨씨는 집에 들어가 그 남자의 등뒤에 섰다. 그의 집은 왕궁은 아니었지만 넓고 커다란 방이 하나 있었다. 천장은 높고 방은 따뜻했으며 대들보는 모두 가공되지 않은 거칠거칠한 나무였다. 가구는 간단하고 꼭 필요한 것만 몇개 놓여 있었다. 나무를 그대로 잘라 만들어 거친 껍질이 드러난 가구들은 강하고 굵은 나뭇가지로 만들어졌다는 게 느껴졌다. 남자는 마야와 마티, 그리고 그들을 따라 온 곰과 염소를 두꺼운 널빤지로 만든 책상 옆에 앉혔다. 책상은 크고 견고하고 묵직해 보였다. 얼마 후 곰과 염소는 책상 아래에서 서로 끌어안고 웅크린 채 잠이 들었다.

어느 비 내리고 안개 낀 밤, 그는 일어나서 집을 몰래 빠져나와 마을에서 도망쳤다. 처음에는 숲에 숨어 있다가 나중에 동물들이 살고 있는 이곳을 발견하게 되었다. 동물들은 모두 그를 좋아했고, 그를 보살피고 도와주었다. 간혹 그를 괴롭히고 못살게 구는 동물도 있었기 때문이다. 그렇게 안개 끼고 비 내리던 그날 밤, 우리는 기다란 배를 타고 숲속 강을 따라 내려갔지. 남자가 말했다.

"나와 함께 살고 싶어하는 동물들이 모여서 함께 왔어. 자, 이리 와서 창문 밖으로 보이는 이곳 풍경을 봐. 그리고 너희도 여기 머물도록 해. 이곳에는 온갖 맛있는 과일이 열리고 시내에는 산에서나 들을 수 있는 피리소리처럼 맑고 투명한 눈 녹은 물이 흐르지. 저기에는 작은 연못이 있는데 조금 있으면 너희 둘 다 옷을 벗어던지고 연못에 뛰어들고 싶어질 거야. 서로 부끄러워하지 마. 여기서는 알몸을 부끄러워하지 않아. 우리 모두 옷을 벗으면 똑같이 알몸이잖아. 익숙해지는 거야. 어렸을 때부터 우리는 우리가 가지고 있는 것에 기뻐하기보다는 다른 사람이 가지고 있지 않은 것을 가지는 것에 더 기뻐했고 그렇게 하는 데 익숙해졌지. 그것보다 더 나쁜 건 어렸을 때부터 여러가지 나쁜 생각을 하는 데 익숙해지고 항상 이런 말로 대화를 시작하는 것에 익숙해져 있다는 거야. '그래, 맞아. 그들은 아무것도 아냐.'"

남자는 슬픈 미소를 지으면서 잠시 생각에 잠겼다. 여기서 부끄러운 일은 단 한가지인데 그건 조롱하고 놀리는 것이라고 말했다. 그는 어두워진 목소리로 덧붙였다.

"가끔 이런 일이 있는데 한번 생각에 빠지면 밤새도록 이런저런 생각에서 헤어나지 못할 때가 있어. 자다가 벌떡 일어나서 마을로 내려가 어둠속에서 복수를 할까 하는 생각이지. 모두 죽이고 싶다는 생각도 했어. 마을 사람들이 불을 끄면 조각을 이어맞춘 해골을 유리창 가까이 걸어두어 빛이 나게 하는 거야. 아니면 바닥을 긁거나 천장과 지붕을 흔들어서 악몽을 꾸게 하는 거지. 그렇게 하면 그들은 자다가 깨서 식은땀을 흘리겠지? 놀라서 소리를 지르는 아이들도 있을 거야. 그리고 몇년에 한번은 아이들을 이곳으로 데려오는 거지. 니미나 너희들처럼."

25

마야는 조금 망설이다가 조심스럽게 입을 뗐다.

"왜 도망칠 생각을 한 거죠? 남자친구 한두 명과 함께 도망칠 생각이나 노력을 하진 않았나요? 아니면 여자친구라도. 최소한 뭔가를 바꾸려는 노력을 해야겠다는 생각은 하지 않았나요? 아니면 스스로 변하려고 노력하거나. 왜 사람들이 당신을 놀리는지, 무엇 때문에 그들이 당신을 놀리는지 궁금하지 않았나요? 그 이유가 뭔지 알고 싶지 않았나요? 제가 질문을 너무 많이 했나요? 엄마는 늘 제가 질문을 멈추지 않는다고 화를 내세요. 제 질문이 저희 집 오두막집 벽에

금을 하나 더 만든 것처럼 걱정거리라고 하셨어요."

남자는 마야와 마티를 바라보지 않고 즉시 대답도 하지 않았다.

"지금과 비슷한 경험과 시간이 있었던 것 같은데 도무지 분명하게 기억이 나질 않아. 그때는 밤낮이 없었던 것 같기도 하고. 빛이 있었던 것도 아니고 없었던 것도 아니야. 그곳에 시간이 존재했던 것 같기도 하고 그렇지 않았던 것 같기도 하고. 꿈이었을까? 병에 걸렸던 걸까? 어렸을 때였을까? 열이 많이 났을 때였나? 아직 엄마 젖을 먹을 때였나? 아니면 그보다 더 전에 일어났던 일인가? 태어나기 전에 일어난 일인가? 네히가 나아만이라는 어린아이였을 때 그는 항상 모든 동물들에게 어떤 먹이를 줄까 고민했었지. 그가 아직 네댓살이었을 때부터 그는 파리, 개미, 강에 사는 물고기들에게 무엇을 줄까 걱정을 했어."

마야가 말했다.

"벌써 그때부터 마을 아이들이 당신을 괴롭혔겠군요."

마야는 이미 알고 있다는 듯 말했다. 그리고 마티가 말했다.

"지금까지 그들은 그 일을 잊지 않았겠지만 제대로 기억하지도 못할 거야. 어쩌면 잊는다는 것과 기억한다는 걸 하

나로 합쳐서 사용할 수 있는 특별한 단어를 만들어야 할지
도 몰라. 가끔 우리 부모님들은 아이들에게 동물들의 소리
를 흉내내어 들려주셨지. 그런데 그것도 잠시, 그들은 그렇
게 흉내낸 걸 후회하면서 아이들에게 동물은 그저 동화 속
에 나오는 것이라고 말씀하셨어. 그러고는 한숨을 내쉬면서
임마누엘라 선생님이 머릿속으로 상상하는 새들 때문에 혼
란스럽다고 하셨지."

마티가 잊는 것과 기억하는 것의 의미를 모두 포함하는
단어가 필요하다는 이야기를 할 때 마야는 엄마 릴리아에
대해 생각했다. 엄마는 하루 일과가 끝나면 이미 오래전에
물고기가 자취를 감춘 강가에 가서 물고기들을 위해 빵부스
러기를 뿌리셨다. 지금 이 시간도 하루 일과가 끝나가는 시
간이다. 엄마는 지금 강가에 서 계실 텐데…… 조금 후엔 우
리를 걱정하실 거야. 어쩌면 산아래 마을에서는 그동안 벌
써 밤과 낮이 바뀌고 며칠이 지났을지도 모른다. 해가 뜨고
지고 또 뜨고, 모두들 이미 우리에 대해 절망적인 생각을 하
고 있을지도 모른다. 이곳만 시간이 멈춘 걸까? 마야는 이렇
게 생각했다.

'강물은 이제껏 한번도 쉰 적 없이 밤낮으로 마을을 관통
해 꿋꿋이 흘러서 계곡에 이르고 그곳을 뛰어넘어 우리를

116

피해 도망쳐 평온한 계곡으로 달음질쳐 가려는 듯 강변에
흰 거품과 물방울을 남기면서 흘러가지.'

마야가 말했다.

"조금 후에 우린 돌아가야 해. 마을에서 우리를 걱정할
거야. 끔찍한 일이 생겼다고 생각할 거야."

마티도 말했다.

"조금만 더 있다 가자. 저 사람 이야기도 거의 끝나가고
있잖아."

남자가 제안했다.

"어둠에게 조금만 늦게 오라고 해보자. 우린 이미 밤에게
천천히 오겠다는 약속을 받아놨잖아."

27

마야가 말했다.

"그런데 당신은 왜 우리의 동물들을 모두 데려갔나요? 왜 그런 끔찍한 짓을 했나요? 우리가 동물들을 잔인하게 대한 적도 없는데 모두 데려갔잖아요. 동물을 사랑했던 사람들이 기르던 동물과 심지어 인간과 집에서 함께 살던 애완동물까지 모두 데려갔잖아요. 알몬의 개, 임마누엘라 선생님의 고양이와 새끼고양이 세 마리까지. 당신이 동물을 납치해간 것이 놀림을 당하면서 느꼈을 고통보다 더 잔인하다고 생각해요. 복수를 하려고 결정했을 때 누구에게 복수를 할 건지 당신 자신에게 묻지 않았나요? 당신을 놀리던 사람들? 동물을 학대하는 사람들? 알몬, 솔라나, 그리고 우리 엄마, 아니면 당신이 사랑했던 임마누엘라 선생님에게 복수하려고 했던 건가요?"

나아만은 어깨를 들어올려 마티와 마야 사이로 그의 목과 머리를 들이밀려고 애쓰는 것 같았다.

마야가 임마누엘라 선생님의 이름을 말하자 네히의 입은 비웃는 듯 삐죽이더니 곧 힘없이 불쌍하게 축 처졌다. 그의 일그러진 얼굴은 악의에 차 보였지만 약간의 동정심을 불러일으켰다.

"너희는 이곳에 있는 게 좋지 않니?"

남자는 기분이 상한 것 같은 목소리로 물었다.

"여기 계속 있기 싫어? 조금 더 있을래? 그래 가거라. 난 괜찮으니까 가라구. 난 여기선 혼자가 아니야. 너희가 집에 도착할 때까지 내가 어둠이 내리지 못하게 붙들어둘게. 어서 가라니까. 난 정말 괜찮아. 내가 정말 복수를 원했다면 너희도 떠나지 못하도록 내 곁에 영원히 잡아둘 거야. 너희가 부모님께 대답하기 힘든 어려운 질문을 한 것에 대해 벌을 줄 수도 있어. 그게 뭐냐구? 너희가 태어나기 전에 어떤 일이 있었는지 파헤쳐보려고 부모님께 여쭤보면 그들은 침

묵을 지키곤 했잖아. 부모님들은 너희의 어깨에 짐을 지우
는 것 같아 그 비밀을 이야기하지 않고 거짓말을 하는 게 더
낫다고 생각하신 걸까? 부모님들의 수치스럽고 죄스러운 일
을 너희에게 알리지 않는 게 더 편하고 또 그렇게 하는 게
너희를 더럽히지 않는 일이라고 생각하신 걸까? 그게 아니
라면 뭘까? 진실이 무엇인지 추측해내고는 그 진실로 인해
큰 충격을 받았을 수도 있겠지. 진실이 무엇인지 알게 되었
다면 앞으로는 절대로 누군가를 괴롭히거나 놀려서는 안되
겠다고 생각했을 거야. 누군가에게 창피를 주지 않고 어떻
게 살아갈지에 대해 생각했을 거야. 다른 사람을 밟고 모욕
을 주지 않고 어떻게 살아갈지에 대해서 말이야."

마야가 말했다.

"네히, 자 보라구. 네가 우리에게 어떻게 하고 있는지 봐.
너도 지금 우리를 조롱하고 놀리고 있는 거 아니야? 너는 즐
기고 있는 것처럼 보여. 그렇지 않니?"

28

　남자는 너무 외로워서 동물의 언어를 배워 동물들과 이
야기를 나누었다. 마을 사람들이 모두 이상한 소리를 지르
는 병에 걸린 환자라며 그를 피하고 멀리서 돌과 깨진 기왓
장을 던질 때 그는 산에서 동굴을 찾아내 산딸기와 버섯을
먹으면서 혼자 지냈다. 가끔은 밤에 마을 사람들이 모두 집
에 들어가 문을 잠글 때까지 기다렸다가 마을로 내려가 어
두운 마을 골목길을 그림자처럼 어슬렁거렸다. 지금도 가끔
어두워지면 마을로 내려간다. 마을 사람들이 강철로 만든 셔
터와 자물쇠를 걸어잠그고 나면 내려가곤 했다. 산에는 멋

진 것들이 많고 그는 동물들을 사랑하지만 왠지 마음속에는 늘 그를 슬프게 하는 그 무엇이 있었기 때문에 마을에 내려가서 어슬렁거렸다. 달도 없는 어두운 밤 그는 텅 빈 마을 골목을 이리저리 돌아다녔다. 그는 가끔 니미와 마주쳤다. 그들은 열린 셔터 틈으로 잠잘 준비를 하는 평온한 가족의 모습을 엿보았다. 아버지가 딸을 부르는 소리, 엄마가 아들의 침대 옆에 앉아 자장가를 불러주는 소리가 커튼 뒤에서 정겹게 들려왔다. 이런 소리를 듣는 네히는 마음이 아팠다. 반쯤 닫힌 창문 사이로 피곤해 보이는 부부가 따뜻한 방에 앉아 차를 마시면서 이야기를 나누는 소리도 들렸다. 조용한 밤에 밖에 앉아 있으면 집에서 식구들이 이야기하는 소리가 들리곤 했다. 식구들이 다정하게 이야기하는 소리는 네히의 마음을 흔들었다. 니미는 눈물을 흘렸다. 그들의 이야기는 무척 단순했다.

"내 얘기 좀 들어봐. 꽃무늬 윗도리가 당신에게 잘 어울려. 오늘 지하실 계단 고쳤나? 난 정말 기뻐. 그리고 고마워. 당신이 오늘밤 아이에게 읽어준 그 이야기 참 좋았어요. 동심의 세계로 돌아가는 것 같았어요."

"그렇게 나는 밤에 두세 시간 정도 아무도 없이 버려져 있는 마당을 어슬렁거리고 다녔어. 가끔 니미와 같이 다니기도 했어. 알몬의 집에서 마을의 마지막 불이 꺼지기 전까지. 한번도 내가 가져보지 못한 모든 것에 대해, 앞으로 가질 수 없는 것에 대해 질투가 나기도 하고 부럽기도 해."

마야가 말했다.

"높은 이곳도 가끔 너무 슬프게 느껴질 때가 있었겠구나."

29

"내가 그들을 데려간 게 아니야."

네히가 말했다.

"정말이야. 모두를 데려간 건 아니야. 어느날 밤 동물들이 모두 마을을 떠나 내 뒤를 따라서 산꼭대기에 있는 숲으로 올라왔어. 그들이 살던 집을 좋아했던 동물들은 마을에 남을 것인지 산으로 갈 것인지 무척 망설였어. 임마누엘라 선생님의 엄마 고양이와 세 마리의 새끼고양이들은 마지막에 우리와 함께 가기로 결정했지. 내가 그들에게 마법을 걸었거나 복수를 하려고 했던 게 아니라, 너희도 알겠지만 동물들 사이에 두려움이 감돌았기 때문이야. 나를 따라가든 남아 있든 두려움으로 가득 차 있었어. 그 누구도 무리에서 벗어나서 혼자 남는 걸 원하지 않았어."

처음에 그는 산꼭대기 허허벌판에 나뭇가지로 오두막을 지었다. 동물들은 매일 그에게 필요한 것을 가져왔다. 양과 염소는 그에게 젖을 먹게 해주었고 닭은 달걀을, 꿀벌들은 꿀을, 강은 물을 마실 수 있게 해주었다. 다람쥐들은 숲에 있는 산딸기를 따다주었고 작은 들쥐들은 땅을 파서 감자를 갖다주었다. 개미들까지 들에서 주워온 보리 알갱이를 하나씩 들고 길게 줄을 지어 그에게 왔다. 빵을 구워먹으라고 가져온 것이었다. 늑대와 곰은 그를 지켜주고 막아주었다. 그렇게 그는 수년 동안 사람들과 멀리 떨어져 그가 사랑하는 크고작은 동물들에 둘러싸여 살았다. 개구리가 그의 이름 나아만을 네이라고 줄여주었다. 그런데 악어와 밤에 날아다니는 새들의 악센트 때문에 그의 이름은 네이에서 네히로 바뀌었다.

30

옛날, 깊고 깊은 일곱 개의 산 뒤 일곱 개의 깊은 계곡에 물이 흐르고 있었어. 네히는 외로운 여행을 하던 중 작은 나무 한 그루를 발견했지. 그 나무에는 흰색과 보라색이 섞인 열매가 열려 있었어. 열매를 따서 먹어보니 고기맛이 났지. 네히는 그 열매를 톨리넨(Tolinen, 너그러움, 아량, 인내의 뜻이 모두 함축된 조어 ―옮긴이)이라고 불렀어. 그 씨를 넓은 숲속에 뿌리고 잘 가꾸었더니 나무가 많이 퍼져나갔어. 육식동물들은 이 열매를 맛있게 배불리 먹었기 때문에 그들보다 약한 동물들을 잡아먹지 않았지. 잡아먹고 싶다는 생각이 들지도 않았어. 호랑이도 네히의 손에 길들여져 새끼염소들과 함께 어울려 놀았고 늑대도 함께 놀았어. 늑대는 양떼를 몰았는데 추운 밤에는 따뜻한 양들 틈에 끼여서 잠을 잤지. 넓은 숲속에서 동물들이 다른 동물을 잡아먹는 일은 전혀 없었어. 육식동물들이 동물을 잡아먹는다는 것을 완전히 잊은 것은 아니지만 어떤 동물도 육식동물을 두려워하지 않았지.

31

정원을 돌아보는 동안 마야와 마티는 참새들의 말을 몇 개는 알아들을 수 있었고 고양이들이 나누는 이야기도 한두 마디 알아들었다. 여기저기서 들려오는 암소와 파리 들의 대화도 조금 이해할 수 있었다. 정원에 있는 동물들은 네히와 함께 몇주 더 머물러달라고 마티와 마야에게 간청했다. 그러나 마티는 마야의 손을 잡아당기며 말했다.

"마을에서 걱정하고 있을 거야. 가족들과 마을 사람들을 놀라게 하면 안되잖아. 어둠이 내리면 마을 사람들은 모두 문을 걸어잠그고 서터를 내릴 거야. 대문에 서너 개의 자물

쇠도 채울 거야. 부모님은 불안에 떨고 계실 것이 분명하고 마을 사람들은 모두 손전등을 들고 우리를 찾아나설 거야. 아니, 어쩌면 벌써 찾는 걸 포기하고 지금쯤은 집에 돌아가서 문을 잠갔을지도 몰라."

마야와 마티는 집으로 가는 길을 안내해줄 수 있는 재빠른 사슴이나 개를 그들과 함께 보내달라고 부탁했다. 그들은 그 누구에게도 오늘 경험한 일을 절대로 이야기하지 않겠다고 굳게 약속했다. 산귀신이 숨어 있는 곳에서 눈으로 본 모든 것과 귀로 들은 모든 이야기, 정원에서 발견한 것들에 대해서도 이야기하지 않겠다고 약속했다. 네히는 다시 그들을 보면서 미소를 지었다. 그 미소에서 겸손함이 느껴졌다. 부끄러워하는 것 같기도 하고 슬퍼하는 것 같기도 했다. 그의 미소는 입가가 아니라 눈가의 주름에서 시작되었다. 미소는 차츰 볼에서 입가로 옮겨가며 얼굴 전체로 퍼졌다. 그의 미소는 약속하지 않아도 된다고 말하고 있었다.

"여기서 일어나는 일을 자세히 이야기한다 해도 누가 그걸 믿겠니? 믿기는커녕 그 이야기를 한 사람이 웃음거리, 놀림거리가 될 거야. 의심이 많은 사람들에게 가장 큰 벌은 항상 의심에서 벗어나지 못하게 만드는 거야. 그들은 결국에는 자기자신도 의심하게 될 거야."

임마누엘라 선생님과 어부 알몬이 우리에게 동물에 대해 이야기하려고 하면 어른들이나 아이들 모두 그들을 놀렸다. 동물이 어디 있느냐고 비아냥거렸다. 그런데 가끔, 놀리는 걸 잊은 건지 동물에 대한 그리움 때문인지 놀리기를 후회하는 어른이 한 사람 있었다. 그는 모든 것에 대해 이야기를 했다가 금세 그 이야기를 모두 부인했다. 아침에 학교에서 한 아이가 이른 아침에 이상한 소리를 들었다고 하면 모두 더이상 이야기를 하지 못하게 막았다. 마을에서 벌어졌던 일이 창피스러워서 그랬던 걸까? 아니면 고민거리를 잊어버리기로 약속이라도 했던 것일까? 그렇다 해도 잊어버리기로 결정한 그 일을 잊은 사람은 아무도 없다는 생각이 들었다.

네히는 마을의 낮시간에 대해 마티와 마야에게 이야기해 달라고 했다. 그는 밤에만 마을에 내려가기 때문에 낮시간에 일어나는 일에 대해 알고 싶어했다. 긴 여름밤 돌광장에서는 무엇을 하는지, 낮시간에는 무엇을 하는지, 해가 질 때쯤에는 무엇을 하는지 이야기해달라고 했다. 지붕 고치는 다니르와 그를 돕는 친구들, 젊은 남녀들이 와서 맥주를 마시면서 이야기를 나누고 함께 웃고 삼십분이나 한 시간 정도 노래도 부르니? 어부 알몬도 잘 지내니? 그는 아직도 정원의 나무와 말다툼을 하니? 아직도 나무로 동물조각을 만드니? 한번은 밤 열두시까지 기다리는 걸 참지 못하고 해가 있을 때 마을로 내려가서 알몬의 채소밭에 갔었지. 허수아비를 치워버리고 내가 허수아비인 것처럼 차려입고 그곳에서 한두 시간 동안 십자가처럼 두 팔을 벌리고 서 있었어. 알몬은 눈이 거의 보이지 않아서 달라진 걸 못 느꼈지. 그래서 알몬과 나는 논쟁을 벌였어.

구멍가게에서 여자들은 어떤 이야기를 하니? 임마누엘라 선생님은 요즘 어떻게 지내시니? 아침 열시쯤이면 노인들은 친구들과 함께 강변에 있는 벤치에 모여 담배를 피우곤 했지. 낮시간에 한번 마을에 내려가보려고 해. 꼭 한번만. 할아버지들 사이에 끼여앉아 그들의 추억담을 듣기도 하고 논쟁도 할 거야. 그분들 중에 아직도 나를 기억하는 할아버지가 계실까? 마야가 말했다.

"기억하는 분들은 놀리겠죠. 입을 떼지 않는 분들은 계속 그럴 거구요."

32

마야가 마티와 네히에게 말했다.

"우리가 산을 내려갈 때는 붉은 저녁노을이 구불구불한 산길에서 우리와 동행하면서 숲에서 집으로 가는 길을 인도해줄 거예요. 한번 상상해봐요, 네히. 세월이 흘러 당신이 동물들과 함께 마을로 돌아오면 마을 사람들이 얼마나 놀랄지 상상해봐요. 놀라긴 해도 마음속 깊이 기뻐할 거예요."

마티가 말했다.

"검은 방울새와 참새가 돌아와서 나뭇가지에 새집을 짓고 비둘기들은 비둘기장 주변을 날아다니겠지. 수탉이 홰를

치며 아침을 알리고 사람들은 오랫동안 버려졌던 외양간과 허물어져가는 닭장, 마구간, 축사, 헛간, 돼지우리를 고치느라고 분주할 거야. 마당의 개집에서는 다시 개 짖는 소리가 들리고 사슴이 길을 뛰어다니고 벌집 주위에는 꿀벌이 떼를 지어 날아다니며 윙윙거리게 될 거야."

알몬 노인도 다시 그가 사랑하는 개와 강변에 앉아서 강으로 돌아온 물고기들과 이야기를 나눌 것이다. 그의 늙은 허수아비와 입씨름을 벌이는 대신 진짜 새들과 논쟁을 할 것이다. 마티가 말했다.

"재봉사 솔리나도 남편 기놈에게 새끼고양이를 선물할 수 있을 거야. 새끼염소나 다람쥐를 선물할지도 몰라."

마야가 말했다.

"우리 엄마는 마을 골목에 구름처럼 몰려온 새들에게 빵가루를 뿌려주실 거야. 임마누엘라 선생님은 집 베란다에서 평화롭게 손을 흔드실 거야. 네히, 당신이 돌아온 걸 보시면 혹시 또 모르죠, 무슨 좋은 일이 생길지……"

네히는 조용히 이야기를 듣고 있었다. 그의 이마 한쪽 귀퉁이의 작고 푸른 동맥과 실핏줄이 가늘게 떨리고 있었다. 어린 새끼새의 심장이 빠르게 뛰듯 떨리고 있었다. 침묵 끝에 그는 내면에서 우러나오는 부드럽고 낮은 목소리로, 겨울밤의 부엌처럼 따뜻하고 포근한 목소리로 그들에게 이야기했다.

"그들이 또다시 나를 놀리면 어떻게 해야 할까? 학대하면 어떻게 하지? 그들에게 당했던 것이 너무 고통스럽고 괴로워서 다시 그들에게 복수를 해야겠다는 생각이 들면 어쩌지?"

잠시 시간이 흐른 후 그가 덧붙여 말했다.

"힘세고 대단한 농부인 너희 부모님들이 임마누엘라 선생님의 어머니인 라파엘라 선생님과 우리 반에서 함께 공부했었지. 그들이 강아지를 다시 몽둥이로 때리면 어떻게 해야 하냐구? 말을 가죽벨트로 채찍질하고 길고양이들에게 독을 먹이고 쥐를 물이 있는 양동이에 빠뜨리는 거야. 그들은 총을 들고 숲으로 가서 사슴과 산에서 사는 염소를 쏘아 죽이고 여우를 잡아 털을 팔 거야. 토끼와 야생거위를 잡으려고 여러 종류의 덫을 숨겨놓지 않을까? 강에서 물고기를 잡으려고 그물도 치겠지."

구불구불한 산길을 걸어내려갈수록 어둠이 깔리면서 숲 속 나무의 꼭대기 부분이 희미해졌다. 나아만이 다시 말을 꺼냈다.

"그럴 거야. 저 암소들도 기쁨을 되찾게 될 거야. 말들도 무척 좋아하겠지. 닭도 알을 낳고 염소, 거위, 양, 비둘기 모두 즐거워할 거야. 개와 고양이 들도 다시 사람들과 가까이 지낼 수 있게 되고 새들은 노래를 부를 거야. 그래, 바로 그거야. 쥐들은 어떻게 할까? 벌레들은? 모기와 거미 들에겐 어떤 일이 생길까? 니미에겐 어떤 일이 생길까? 그리고 내겐 또 어떤 일이 일어날까?"

33

숲의 끝자락에 도착하자 어렴풋이 마을의 집들이 하나둘
보이기 시작했다. 네히가 그들에게 말했다.

"이제 밤이야. 저기서는 벌써 걱정들을 하고 있을 거야.
이제 둘 다 집으로 돌아가. 언제든지 오고 싶을 땐 산에 있
는 숨겨진 우리 집으로 와. 해가 지기 전까지 몇시간 동안은
함께 있을 수 있을 거야. 너희만 괜찮다면 하루종일 함께 있
어도 좋고 더 있어도 돼. 다시 만날 때까지 너희도 다른 사
람을 경멸하거나 조롱하고 놀리는 병에 걸리지 않도록 조심
해. 귀찮게 하는 아이들이 있으면 그 아이들에게 말해. 화나

게 하거나 약을 올리면서 즐거워하는 아이들에게 말하는 거야. 신경쓰지 말고 계속해서 이야기하고 또 이야기하는 거야. 괴롭히지 말라고, 그건 좋은 일이 아니라고, 싫다고 말하는 거야.

언젠가 우리 마음이 변해서 새롭게 태어난 마음으로 마을로 내려갈 수도 있어. 육식동물들이 다른 동물을 잡아먹지 않게 될 수도 있을 거야. 나와 내 친구들 모두, 그리고 니미도 숲에서 나와 마을로, 우리가 살던 집, 마당, 풀밭, 강변으로 돌아가게 될 거야. 그렇게 되면 복수하려던 마음은 산산조각이 나서 뱀의 마른 피부가 죽은 피부가 되어 떨어져나가는 것처럼 내게서 떨어져나갈 거야. 일하고 사랑하고 여행하고 노래하고 놀고 이야기하고, 잡아먹거나 잡아먹히지 않고 서로를 놀리지 않게 될 거야.

자, 이제 너희는 가서 평화롭게 지내. 그리고 잊지 마. 너희가 커서 어른이 되고 나이가 들어 아이들의 부모가 되어서도 잊지 마. 마야, 마티, 잘 가. 안녕."

숲에 어둠이 왔을 때 마야와 마티는 서로의 손을 잡고 숲에서 내려왔다. 마을의 불빛이 서서히 가까워오자 마티가 마야에게 말했다.

"알몬에게 이야기해야겠어. 임마누엘라 선생님께도 이

야기해야지. 다니르에게도 이야기해야 해."

마야가 말했다.

"그들에게만이 아니라 모두에게 이야기해야지."

마티가 말했다.

"사람들은 우리가 이상한 병에 걸렸다고 할 거야."

마야가 말했다.

"니미도 찾아보자. 니미도 다시 정상으로 돌려놓아야지."

마티가 말했다.

"내일 찾아보자."

『숲의 가족』을 처음 손에 잡고 읽어가면서 나는 줄곧 다음 부분은 어떤 내용일지 궁금해했다. 숨겨진 비밀이 서서히 드러나는 과정의 은밀한 긴장감이 극적인 재미를 주었고, 풍부한 은유를 담은 짧고 아름다운 문장들이 읽는 맛을 더했다. 하지만 무엇보다 이 작은 소설에 담긴 다양한 메씨지들을 발견하는 재미가 남달랐다. 여기에는 진실과 거짓, 두려움과 용기, 사랑과 미움, 관용과 편견 같은 여러 대립항이 거울처럼 서로를 비추고 있다. 저자 아모스 오즈가 마야와 마티, 용감한 두 아이를 통해 우리에게 절실하게 전하고 싶은 것은 이 대립을 넘어서는 소통의 방식, 마음을 여는 방법일 것이다.

대체로 우리는 겉보기에 호감이 가는 성격이나 외모, 배경을 갖춘 사람들에게는 쉽게 저절로 마음이 열린다. 우리가 만들어놓은 규범, 틀, 테두리 안에 쏙 들어오기 때문이다. 하지만 그렇지 않은 사람들에게는 어떤가?

마야와 마티는 호기심을 갖고 사라진 동물들을 찾아나서면서 자신들의 두려움과 편견뿐 아니라 새로운 세계, 니미와 네히 같은 소외된 존재들, 그리고 금지된 진실을 만나게 된다. 이 과정에서 마야와 마티는 그들이 속한 곳, 그들을 둘러싸고 있는 주변과 소통하려고 노력한다. 두려움을 떨치기 위해 현실과 부딪히며 편견을 부수고 새로운 세계로 나아가고, 버려진 존재인 니미와 네히를 만나 그들의 이야기를 들으면서 진실을 알게 된다. 모두가 놀리고 피하는 니미, 산귀신으로 알려진 네히와 만나 용기를 내서 그들과 소통하는 마야와 마티. 호락호락하지 않은 현실을 뛰어넘어 소통을 시도하고 진실을 알게 하는 것은 순수한 열정이다.

소통, 그것은 막히지 않고 잘 통하는 것을 말한다. 나의 의견이 상대방에게 잘 통하는 것을 의사소통이 잘된다고 한다. 소통이 잘되려면 나의 마음을 열어야 한다. 상대방과 잘 통하려면 먼저 내 마음을 열어 그의 의견을 귀기울여 듣고 이해하고 그의 입장이 되어보아야 한다.

피부색이 다르다고, 동일한 것을 믿지 않는다고, 같은 언어를 쓰지 않는다고, 보고 듣고 말하지 못하는 장애를 가졌다고 깔보고 놀리고 무시하고 함부로 대하는 것은 참으로 못난 일이다. 마야와 마티는 두려움 속에서 순간순간 흔들리고 망설이면서도 또 그때마다 용기를 내서 한발짝씩 나아간다. 그들이 속한 곳과 사람들을 떠나 다른 존재를 인정하고 받아들인다. 차이를 강조하고 차별이 일상화된 세상을 살아온 그들에게 진정한 용기와 열정이 없었다면 그것이 가능한 일이었을까?

언제나 지혜는 단순하지만 실제로 그것을 살아내는 데는 용기가 필요하다. 이 책이 벽을 헐고 컨테이너를 치우고 마음을 열어 소통하는 세상, 함께하는 세상을 만들기 위해 노력하는 이들, 다른 목소리를 내고 싶어도 용기가 나지 않아 주춤거리던 이들 모두에게 힘이 되었으면 하는 바람이다.

번역은 히브리어판 פתאום בעומק היער (2005, כל הזכויות שמורות)을 바탕으로 독일어판과 영어판을 참고했다. 좋은 작품으로 세계적으로 알려진 아모스 오즈의 작품을 히브리어에서 우리말로 번역할 수 있는 기회를 준 창비에 감사드린다.

2008년 여름

박미영

숲의 가족

초판 1쇄 발행/2008년 8월 18일
초판 4쇄 발행/2012년 11월 4일

지은이/아모스 오즈
옮긴이/박미영
펴낸이/강일우
책임편집/김정혜
펴낸곳/(주)창비
등록/1986년 8월 5일 제85호
주소/413-120 경기도 파주시 회동길 184
전화/031-955-3333
팩시밀리/영업 031-955-3399 · 편집 031-955-3400
홈페이지/www.changbi.com
전자우편/lit@changbi.com
인쇄/상지사P&B